Kim Lorenz

Langeoog Droge

6. Fall für Kathrin Hansen

Zum Buch

Eigentlich hatte Kathrin Hansen sich auf die Einweihungsfeier der Praxis von Hindrik und ihres Ferienapartment konzentrieren wollen, doch dann kommt es anders. Am Oststrand wird eine Tote gefunden. Kurz darauf gibt es ein weiteres Opfer am Weststrand. Kathrin Hansen und ihr Team haben es mit brutalen Gewaltverbrechern zu tun. Doch damit nicht genug. Drogenhändler aus Osteuropa und ein Krimineller aus der Kölner Szene tauchen wie aus dem Nichts auf. Im Laufe der Ermittlungen steht das Team dann plötzlich vor der Erkenntnis, dass klammheimlich auf der Insel ein Etablissement für Prostitution und Drogen entstanden ist.

Kim Lorenz

Langeoog
Droge

6. Fall für Kathrin Hansen

Bibliografische Information der Deutschen
Nationalbibliothek:
Die Deutsche Nationalbibliothek verzeichnet diese
Publikation in der Deutschen Nationalbibliografie;
detaillierte bibliografische Daten sind im Internet über
http://dnb.dnb.de abrufbar.

Verlag:
BoD · Books on Demand GmbH,
Überseering 33, 22297 Hamburg,
bod@bod.de
Druck:
Libri Plureos GmbH, Friedensallee 273,
22763 Hamburg
ISBN: 978-3-7693-3981-9

1. KAPITEL

Geschafft. Erleichtert hakte Kathrin Hansen die Einladungsliste ab. Etwas über zwanzig Personen waren es geworden. Locker hätten es mehr sein können, doch es sollten nur die wirklich guten Freunde und Bekannten eingeladen werden. Menschen, die ihnen etwas bedeuteten. Bei der Entscheidung, ihre Mutter nicht einzuladen, hatte sie sich schwergetan. Weniger ihretwegen, sondern wegen des Mannes, den sie nach dem Tod von Kathrins Vater geheiratet hatte. Ein Mensch, in dessen Nähe sich Kathrin Hansen nie wohlgefühlt hatte. Vielleicht hatte es an ihr gelegen, weil sie ihn mit ihrem Vater verglich, was natürlich nicht richtig war. Für ihren Vater war sie die Prinzessin gewesen, die von ihm nach Strich und Faden verwöhnt wurde. Doch dann war er früh verstorben und sie hatte lange darunter gelitten. Nach ihrem Umzug auf die Insel brachen die Kontakte zu ihrer Mutter ganz ein. Zu den

Feiertagen per WhatsApp Grüße, das war es. Auch sonst war nichts mit Familie. Geschwister hatte Kathrin Hansen keine und Onkel und Tanten kannte sie nur vom Hörensagen. Bei Hindrik sah es ähnlich aus. Seine Adoptiveltern lebten nicht mehr, Familienmitglieder gab es keine.

Thema Familie war damit abgehakt.

Ein paar Tage noch, und Hindrik würde seine Praxis für Psychotherapie eröffnen. Er freute sich wie ein Schneekönig. Und sie freute sich gleich zweimal. Einmal für Hindrik, und einmal für sich selbst. Nicht nur, dass der Erweiterungsbau ihres Hauses für die Praxis problemlos geklappt hatte, nein, auch das Ferienapartment, das on top obendrauf kam, war fertiggestellt.

Bezugsfertig!

Ein wahres Wunder bei der derzeitigen Handwerkersituation.

Das war Hindrik zu verdanken, der den termingerechten Fortschritt des Bauprojektes überwacht hatte.

Mehr noch, er hatte ihn gepuscht.

Eigentlich hatte sie ihren Lebensgefährten so noch nie erlebt. Hindrik, der sich in den letzten Jahren mit Leib und Seele für traumatisierte Kinder und Jugendliche eingesetzt hatte, sanft und verständnisvoll, konnte plötzlich die Sau rauslassen, wenn beim Bau die Termine zu platzen drohten. Kathrin Hansen konnte es nur so interpretieren, dass die Schließung des Heims tief in ihm arbeitete und die eigene Praxis seine seelische Rettung war. Geradezu passend hatte bei ihr Flaute geherrscht. Sie musste schmunzeln. Flaute in Bezug auf Mord und Totschlag. Jedenfalls hatte sie sich so um die Deko und Einrichtung des Apartments kümmern können. Eine Aufgabe, in der sie ganz aufging. Als Letztes fehlten noch Bilder für die Wände. Hindrik und sie liebten Motive der Insel. Hier hatten sie das Glück, dass es auf Langeoog einen begnadeten Künstler gab. Seine Werke waren weit über Langeoog hinaus bekannt. Nachher wollte Kathrin Hansen mit ihm die Räumlichkeiten durchgehen, um die Motive festzulegen. Gerne hätte sie Hindrik dabeigehabt, doch der war auf dem Festland. Er stellte in Kliniken und Reha-Häusern seine Praxis vor. Was die Bilder anging, würde sie schon die richtige Wahl treffen, so seine Meinung.

Kathrin Hansen blickte auf die Uhr und stellte fest, dass sie bis zu dem Termin mit dem Künstler noch Zeit hatte, um etwas einkaufen zu können. Sie überlegte, was sie als Abendessen zubereiten könnte. Eines ihrer Lieblingsessen war einfach, aber super lecker. Seelachs mit Bratkartoffeln und frischen Salat. Und dazu ein Gläschen Chardonnay durfte es auch sein. Sie blickte in den fast wolkenlosen Himmel und freute sich auf einen gemütlichen Abend auf der Terrasse.

Sie schnappte sich den Einkaufskorb, klemmte ihn auf ihr Bike und fuhr zur Barkhausenstraße. Kartoffeln und Salat bekam sie im Lebensmittelgeschäft, den Seelachs würde sie beim Fischhändler holen.

Gerade parkte sie ihr Bike vor dem Fischgeschäft, als einer der Personen, die sie zur Eröffnung eingeladen hatte, aus diesem herauskam. In der Hand eine gut gefüllte Tragetasche sah ihr Maartens freudestrahlend entgegen. Kathrin Hansen nahm ihn herzlich in die Arme.

»Kathrin, schön, dich zu sehen.« Maartens musterte sie und nickte zufrieden mit dem Kopf.

»Großes Kompliment, dass du bei dem, was du derzeit so alles um die Ohren hast, so gut aussiehst. Wie machst du das?«

»Danke, Bent. Doch tatsächlich ist es so, dass Hindrik und ich nur Positives erleben. Alles läuft wie geplant, und ja, nächste Woche wird

Einweihung gefeiert. Für dich und Friederike müsste die Einladung in deinem Postfach sein.«

»Das ist ja schön, ganz lieben Dank. Wir freuen uns mit euch, dass alles so gut gelaufen ist. So kann Hindrik seine Praxis ja pünktlich eröffnen. In der heutigen Zeit ein kleines Wunder. Ach, ich hätte da auch direkt eine Frage. Ein alter Freund von mir ist bei der Mordkommission in Hamburg. In meiner aktiven Zeit haben wir beide manche Fälle gemeinsam bearbeitet. Heinz Keller, so heißt er, ist ein wirklich guter Ermittler und steht kurz vor dem Ruhestand. Doch kürzlich hat er bei einem Einsatz einen Mann erschossen. Es war einwandfrei Notwehr, dienstlich also alles korrekt. Doch seitdem leidet er an Depressionen. Eine Therapie bei einem der Psychologen, die für die Polizei arbeiten, lehnt er ab. Kurz vor der Rente will er sich das nicht mehr antun.«

Falten legten sich auf die Stirn von Maartens.

»Doch gestern habe ich mit seiner Frau telefoniert, sie war Rotz und Wasser am Heulen. Heinz käme nicht mehr so richtig in die Pötte, meinte sie. Er hätte für nichts mehr Lust und würde immer wieder schildern, wie es zu diesem Schusswechsel gekommen ist. Er käme mit der Situation nicht klar. Heinz bräuchte Hilfe.

Nun, ich habe Lena, so heißt sie, gesagt, dass hier auf der Insel in Kürze eine Praxis für Psychotherapie eröffnet wird. Und dass der Therapeut sowohl ein anerkannter Fachmann, als auch ein enger Freund von mir ist. Sofort war Lena Feuer und Flamme und hat mich gebeten nachzufragen, ob ihr Mann zur Behandlung kommen könnte. Sie wollte es ihm dadurch schmackhaft machen, dass sie gleichzeitig auf der Insel Urlaub machen würden.«

Maartens blickte Kathrin Hansen erwartungsvoll an.

»Kathrin, siehst du eine Chance, dass Hindrik ihn als Patienten annimmt?«

»Schon, doch Hindrik muss das entscheiden. Am besten wäre, deine Bekannten würden sich mit ihm in Verbindung setzen. Auf der Einladungskarte findest du die Kontaktdaten seiner Praxis.«

»Wunderbar, ich gebe das weiter.« Maartens blickte auf seine Uhr und meinte, er müsste sich sputen, sie bekämen Gäste und Friederike würde auf den Fisch warten. Kathrin Hansen bestellte liebe Grüße und er möchte Friederike doch ausrichten, sie käme demnächst mal vorbei. Sie wäre schon sehr gespannt auf die Entwürfe zu dem neuen Wimmelbuch.

2. KAPITEL

Mit einem gut gefüllten Einkaufskorb auf dem Gepäckträger fuhr Kathrin Hansen auf die Höhenstraße und sah von weitem ihr Haus. Ein neuer Anblick, an den sie sich noch gewöhnen musste. Das ursprünglich kleine Ostfriesenhaus hatte sich gewandelt. An der Ostseite hatten sie die Praxis von Hindrik großzügig angebaut und darüber das Ferienapartment gesetzt. Geschickt hatte der Architekt es so geplant, dass die alte und neue Bausubstanz einen in sich geschlossenen Baukörper ergab. So, als wäre es von Anfang an so gewesen. Wieder einmal schickte Kathrin Hansen ihren Großeltern, von denen sie das Haus geerbt hatte, ein Dankeschön, wohin auch immer.

In der Küche legte sie die Lebensmittel und den Wein in den Kühlschrank, überlegte, ob der Künstler, den sie erwartete, Tee oder Kaffee trinken möchte und entschied, damit noch zu warten. Es war Samstag, in der Dienststelle war

11

alles ruhig. Ava Sari hatte Bereitschaft, die hätte sich sonst gemeldet. Kathrin Hansen konnte sich also für alles Zeit nehmen. Sie ging in ihr Arbeitszimmer, nahm Zollstock und iPad, um die Größe der Bilder festlegen und notieren zu können, und fühlte sich beschwingt. Sie freute sich auf die neuen Dinge, die auf sie und Hindrik zukamen. Gerade schloss sie die Verbindungstür zu der Praxis auf, als ihr Handy sich meldete.

Nein, dachte Kathrin Hansen, bitte jetzt keine Störung.

Die Dienststelle.

»Kathrin, es tut mir furchtbar leid, dich stören zu müssen«, meldete sich Ava Sari mit belegter Stimme, »aber wir haben eine Tote. Am Oststrand, eine junge Frau.« Dann kam nichts mehr.

Schlagartig fiel der Gutelaunepegel bei Kathrin Hansen ins Bodenlose. Sie ahnte, dass der Tag gelaufen war. Mist, dachte sie, gab sich einen Ruck und konzentrierte sich auf die Situation.

»Ava, ist der Notarzt vor Ort?«

»Ja. Die Urlauberin, die am Strand die Frau gefunden hat, hat den Rettungsdienst angerufen. Dr. Hinksen konnte nur noch den Tod bestätigen.«

12

»Konnte er feststellen, woran die Frau gestorben ist?«

»An einer Überdosis Rauschgift. Doch was genau, darauf wollte er sich nicht festlegen. Jedenfalls muss die Frau gestern Abend etwa zwei Stunden vor Mitternacht gestorben sein.«

»Wo am Strand liegt sie?«

»Strandzugang Gerk-sin-Spoor, etwa hundert Meter östlich. Oberhalb der Abbruchkante an den Dünen. Die Frau muss wohl auf dem Bauch gelegen haben, das Gesicht in den Sand gedrückt. Der Urlauberin kam das merkwürdig vor und hat sie angesprochen. Weil die Person darauf nicht reagierte, hat sie diese umgedreht und bemerkt, dass die Frau tot ist. Daraufhin hat die Urlauberin den Rettungsdienst angerufen.«

»Sind Olli und Maike vor Ort?«

»Ja, haben aber nichts weiter veranlasst. Sie gehen davon aus, dass die Tote sich zu Tode gekifft oder gespritzt hat. Und sollte Fremdeinwirkung vorliegen, gibt es laut Olli im Sand keine Spuren, nichts. Rundum hat er mit Maike alles abgesucht, doch wie gesagt, ohne Erfolg.«

»Gut, ich muss mir das trotzdem ansehen. Sage Olli Bescheid, dass ich unterwegs bin.

Kathrin Hansen atmete auf, so wie es aussah, lag kein Gewaltverbrechen vor. Der Tag war dann doch noch gerettet. Sie rief den Künstler an und bat den Termin für die Festlegung der Bilder auf den Nachmittag zu verschieben.

3. KAPITEL

Schon, als sie an dem Haus von Lale Andersen vorbeifuhr, sah sie den Rettungswagen in der Strandzufahrt stehen. Ein Anblick, den sie gar nicht mochte. Sie stellte ihr Bike an dem Fahrzeug ab und stapfte den Zugang hinunter. Wie zu erwarten standen einige Leute am Strand und blickten zu der Stelle, wo die Tote lag. Kathrin Hansen ging schneller. Dr. Hinksen informierte sie, dass er bereits die Pathologie in Wittmund verständigt hätte. Sonja Klaes würde am Nachmittag die Obduktion vornehmen. Auf die Frage, ob jemand die Tote kannte, ob sie Ausweispapiere oder ein Handy dabeigehabt hatte, gab es ein allgemeines Kopfschütteln.

»Aber Kathrin, sieh dir das hier an«, sagte Dr. Hinksen und zeigte auf den linken Arm der Toten. »Einstiche von Nadeln, die Frau muss stark drogenabhängig gewesen sein. So ein junger Mensch«, frustriert schüttelte er den Kopf.

»Ich glaube, die ist noch keine zwanzig«, warf Maike Jansen ein, die neben Kathrin Hansen stand. »Sie muss ein richtig beschissenes Leben geführt haben.«

Kathrin Hansen beugte sich über das Gesicht der Toten und betrachtete es. Sie stimmte ihrer Kollegin zu, schätzte die Tote auf höchstens achtzehn Jahre. Was für ein Drama schoss es ihr durch den Kopf. Aus Erfahrung wusste sie, dass oft eine katastrophale Kindheit oder ein schwerer Schicksalsschlag junge Menschen an die Nadel brachten. Sie wandte sich an Olli Friedrichs, ihren Stellvertreter.

»Olli«, sie zeigte rundum auf den Strand, »habt ihr nichts gefunden, was die Frau in ihrem Delirium vielleicht verstreut hat. Sie hätte doch einen Rucksack, eine Tüte oder ähnliches dabeihaben müssen.«

»Kathrin, genau das ist es, was mir zu denken gibt«, antwortete Friedrichs und zeigte auf die Tote, die mit kurzer Jeans und Shirt bekleidet war. »In ihren Hosentaschen ist nichts, keine Drogen, keine Spritze, kein Feuerzeug, nichts. Meiner Meinung nach sind die Taschen nach ihrem Tod entleert worden.«

»Du gehst von einem Gewaltverbrechen aus?«

Friedrichs zuckte mit den Schultern.

»Natürlich ist es möglich, dass ihre Utensilien vom Sand verweht wurden.«

Nachdenklich sah Kathrin Hansen den Notarzt an.

»Kai, was denkst du?«

»Da wir hier nicht weiterkommen, müssen wir die Obduktion abwarten. Gibt es Anzeichen von Gewalteinwirkung, haben wir einen Mordfall.«

Kathrin Hansen musste schlucken. Ein Mord war das Letzte, was sie auf der Insel brauchten. Sie gab sich einen Ruck und wandte sich an ihre Kollegen.

»Okay. Maike und Olli, ihr veranlasst die Überführung der Toten nach Wittmund. Möglichst so, dass es nicht auffällt. Also kein Leichenwagen, der bis zu den Anlegern vorfährt. Wir wollen die Feriengäste nicht mit dem Tod konfrontieren. Sobald Sonja Klaes das Ergebnis der Obduktion vorliegen hat, soll sie mir den Bericht aufs Handy schicken. Ich melde mich dann bei euch und wir besprechen, wie es weitergeht. Versucht in der Zeit über das Foto der Frau herauszubekommen, wer sie ist. Ansonsten bin ich zu Hause erreichbar.

Kathrin Hansen warf noch einen langen Blick auf die Tote, bedankte sich bei Dr. Hinksen und den Rettungsleuten und stapfte mit gemischten Gefühlen zum Aufgang. Sie fragte sich, was die junge Frau spätabends, etwa zwei Stunden vor Mitternacht, am Oststrand wollte.

Um diese Zeit war es stockdunkel.

Ein Date?

Schwer vorstellbar. Dafür gab es schönere Stellen am Weststrand.

Ein Treffen mit einem Drogendealer?

Kaum.

Der Ort war zu abgelegen, zu gefährlich.

Wahrscheinlicher war, dass die Frau vollgedröhnt zum Strand gelaufen war, dort bewusstlos wurde und gestorben ist. Ein furchtbar trauriges Schicksal. Bei dieser Vorstellung ging Kathrin Hansen von einer natürlichen Todesursache aus. Schickte jedoch ein Gebet zum Meeresgott, dass bei der Obduktion der Leiche nicht doch noch Gewalteinwirkung festgestellt wurde.

4. KAPITEL

Eigentlich wollte Kathrin Hansen, bevor am Nachmittag der Künstler wegen den Bildern kam, im Ferienapartment etwas ausmessen. Ihr schwebte vor, am Treppenaufgang eine Dreierkombination in Aquarell von Strand, Meer und Himmel aufzuhängen. Leicht, locker, luftig, sollten die Motive wirken. Dazu passend würde sie in der Diele eine Bodenvase mit Dünengras und hohen Rohrkolben hinstellen. Ein Arrangement, das den Gästen einen Hauch von Inselfeeling vermitteln sollte. Doch dafür musste sie den Kopf freikriegen, noch immer kreisten ihre Gedanken um den Tod der jungen Frau. Sie beschloss eine Runde zu laufen.

Zu Hause zog sie Shorts, T-Shirt und Laufschuhe an und lief zum Weststrand. Ihre Lieblingsstrecke führte entlang der Wasserkante in Richtung Flinthörn. Beim Laufen beobachtete sie Familien, die sich so richtig wohlzufühlen schienen. Selbst die Großen buddelten im noch feuchten Sand Löcher, bauten rundum mit den Kindern Schutzwälle und waren offensichtlich weit weg von ihren Problemen und Sorgen. So, wie es sein sollte. Überhaupt, kam es Kathrin Hansen in den Sinn, Langeoog und Familien, die perfekte Symbiose. Klar, für Partygänger bot Langeoog wenig Anreize, dafür konnten auf der autofreien Insel aber selbst Kleinkinder mit ihren Rädchen ungefährdet herumdüsen.

Nachdem sie den Hundestrand hinter sich gelassen hatte, bemerkte sie vor sich eine Gruppe Frauen, die Feldstaffeleien aufgestellt hatten. Ihre Gesichter waren den Dünen zugewandt, die als Motiv dienten. Kathrin Hansen freute sich über die Malgruppe. Nicht nur, dass die Frauen als Urlaubsgäste auf der Insel waren, sondern auch darüber, dass durch ihre Bilder die Insel nach außen getragen wurde.

Um die Künstlerinnen nicht zu stören, stellte Kathrin Hansen sich ohne zu grüßen hinter ihnen. Eine Weile sah sie ihnen schweigend zu. Alles Frauen im Schnitt so um die fünfzig, schätzte sie. Nur die Gruppenleiterin mochte etwas älter sein. Jedenfalls waren alle in ihrer Arbeit vertieft und ließen sich durch ihre Anwesenheit nicht stören. Gemalt wurde auf Leinwand und soweit Kathrin Hansen es sah, wurden Acrylfarben aus der Tube verwendet. Aus Erfahrung wusste sie, dass diese Maltechnik mit den schnell trocknenden Farben ideal für das Malen am Strand war. In dem Moment bedauerte sie, dass ihre eigene kreative Phase schon einige Zeit zurücklag.

Den fast fertigen Bildern nach zu urteilen hatte sie es mit erfahrenen Künstlerinnen zu tun. Ihre Bilder waren nach dem Goldenen Schnitt angelegt, harmonisch und stark in der Farbkomposition, leicht und beschwingt wie die Dünenlandschaft.

Ein Bild gefiel ihr besonders gut. Gekonnt hatte die Malerin es verstanden, die schroffe dunkle Abbruchkante mit den dagegen filigran wirkenden Dünen zu kombinieren. Durch geschickt angelegte Farbkontraste hatte das Bild eine unglaubliche Tiefe. Je länger Kathrin Hansen es betrachtete, umso mehr konnte sie sich dafür begeistern. Eigentlich das richtige Motiv für den Wohnraum im Ferienapartment, ging es ihr schließlich durch den Kopf. Dazu eine schöne Erinnerung an diesen Morgen mit der Malgruppe am Strand.

Spontan ging sie zu der Künstlerin hin und meinte leise, dass sie das Bild sehr schön finden würde.

Lächelnd wandte sich die Malerin Kathrin Hansen zu.

»Danke, das freut mich.«

Kathrin Hansen zuckte zusammen.

Sie brauchte einen Moment, um sich zu sammeln. Dann betrachtete sie die Frau genauer. Etwa fünfzig, schlank, hochgewachsen, dunkles, mit grauen Strähnen durchzogenes Haar.

Doch entscheidend war das Gesicht.

Es war das Gesicht der Toten vom Strand.

Nur Jahrzehnte älter.

Kathrin Hansen war geschockt.

5. KAPITEL

Seit etwa einer Stunde saßen sie im Besprechungsraum der Dienststelle. Auf Bitten von Kathrin Hansen war Dr. Hinksen hinzugekommen und hatte Lisbeth Feldbusch eine Beruhigungsspritze gesetzt. Die Mutter der Toten hielt ein Taschentuch in der Hand und wischte sich immer wieder die Tränen ab.

»Hätte ich Tanja doch nicht dazu bewegt, mit auf die Insel zu kommen«, schluchzte Lisbeth Feldbusch. »Aber ich hatte doch gedacht, nein gebetet, dass sie hier, weit weg von den Junkies, vor ihrem Einfluss sicher sein würde.«

Dr. Hinksen, der im Begriff war, sich zu verabschieden, schüttelte den Kopf.

»Sie müssen sich keine Vorwürfe machen. Soweit ich das nach der ersten Untersuchung beurteilen konnte, war ihre Tochter schon längere Zeit drogenabhängig. Nur ein Entzug in einer Klinik hätte ihr helfen können.«

Lisbeth Feldbusch blickte ihn mit schmalen Lippen an.

»Ja, ich weiß. Was glauben Sie, wie oft ich meine Tochter angefleht habe, in einen Entzug einzuwilligen. Doch sie war nicht bereit dazu. Wir hatten furchtbare Auseinandersetzungen. Die Clique, mit denen sie sich eingelassen hatte, hatte sie fest im Griff. Vor einem Jahr zog Tanja nach einem Streit von Zuhause aus und lebte mit diesen Leuten zusammen. Ihre Ausbildung als Zahntechnikerin hatte sie abgebrochen und wahrscheinlich keinen neuen Job angenommen. Ich mag gar nicht daran denken, auf welche Weise sie sich das Geld für die Drogen beschafft hat. Wissen Sie, ich kam einfach nicht mehr an sie heran.«

Maike Jansen, die das Protokoll schrieb, betrachtete die Frau, die mutlos auf dem Stuhl hockte. Trotz sorgfältig aufgelegtes Mak Up waren die verhärmten Gesichtszüge nicht zu übersehen. Ein Gefühl sagte ihr, dass es ein längerer Prozess gewesen sein musste, bis die Tochter dieser Frau drogenabhängig wurde. Ein zerrüttetes Familienleben könnte sie dazu getrieben haben. Maike Jansen wusste, wie sehr ein solches die Psycho belasten konnte. In der Zeit, als sie das Abitur machte, hatten sich ihre Eltern bereits auseinandergelebt. Jeder von ihnen hatte Liebschaften und dazu noch gemeint, sie als Tochter, würde das nicht mitbekommen. Doch, hatte sie. Da konnte auch das stilvolle Getue der Eltern nichts daran ändern. Doch sie hatte die Kurve gekriegt, war von Zuhause in Ehren ausgezogen und hatte studiert. Bei Tanja Feldbusch mochte es anders ausgesehen haben. Nachdenklich schrieb sie als Randnotiz »Elternhaus« mit Fragezeichen in das Protokoll.

Kathrin Hansen blickte auf die Uhr. Sonja Klaes hatte ihr zugesagt, das Ergebnis der Obduktion im Laufe des Nachmittags zu liefern. Danach würde sie die Tote schön herrichten, so dass ihre Mutter sie nochmals sehen konnte. Puh, fuhr es Kathrin Hansen durch den Kopf. Da kommt diese Frau mit ihrer Malgruppe auf die Insel, überredet ihre Tochter mitzukommen, und muss sie jetzt als Tote identifizieren. Am Ende fährt sie nach Hause und hat ihre Tochter für immer verloren.

Was für ein Schicksal.

Und doch durfte sie Lisbeth Feldbusch noch nicht gehen lassen. Sie musste mehr über die sogenannte Clique der Tochter erfahren. Kathrin Hansen setzte sich kerzengerade hin, blickte Lisbeth Feldbusch fest in die Augen und bat sie, das mit den Junkies, mit denen ihre

Tochter zusammenlebte, näher zu erklären. Ob sie die Leute kannte, wie alt sie seien und wo sie wohnten. Es war dann nicht viel, was Lisbeth Feldbusch beisteuern konnte. Nur so viel, dass ein Manni das Sagen hatte. Er war es auch gewesen, der ihrer Tochter geholfen hatte ihre Sachen aus dem Haus zu holen.

»Das waren die schrecklichsten Augenblicke meines Lebens«, schluchzte Lisbeth Feldbusch.

»Und was hatten Sie für einen Eindruck von diesem Manni?«, hakte Kathrin Hansen nach.

»Das war ja das Erstaunliche, der Mann machte überhaupt nicht den Eindruck, als ob er drogenabhängig wäre. Ich habe mich ihm in den Weg gestellt und ihn genau angesehen. Er hatte klare, ungetrübte Augen, seine Gesichtsfarbe sah gesund aus. In einem Disput teilte er mir in einer gepflegten Ausdrucksweise mit, dass meine Tochter volljährig sei und ich ihr nicht im Wege stehen könnte. Er sah gut aus und ja, ich hatte den Eindruck, dass Tanja in ihn verknallt war.«

Typisch Zuhälter, schoss es Kathrin Hansen durch den Kopf. Während ihrer Dienstzeit im Sittendezernat in Köln hatte sie es mit solchen Leuten oft zu tun gehabt. Einige waren ausgesprochen charmant, fast schon sanft gewesen. Kultiviert, gepflegt. Kaum jemand hätte in ihnen das Raubtier vermutet, dass in ihnen steckte.

»Und Sie haben ihre Tochter nie besucht, nie versucht herauszufinden, wie sie lebt, wie es ihr geht?«

»Nein. Ich hatte keine Ahnung wo sie wohnte. Erst vor Wochen, es musste etwas Gravierendes geschehen sein, rief Tanja mich an und fragte, ob sie zurückkommen könnte. Ich wollte sie sofort abholen, doch das ginge nicht, sagte sie. Sie käme, sobald es möglich wäre.«

»Und wie lange haben Sie dann warten müssen?«, warf Maike Jansen dazwischen.

So, als wenn sie sie Szene vor Augen hätte, blickte Lisbeth Feldbusch mit leerem Blick die Kriminalassistentin an.

»In der nachfolgenden Nacht läutete es gegen zwei Uhr Sturm. Tanja stand, genauer gesagt, hockte vor der Haustür. Sie zitterte am ganzen Körper, war nicht fähig ein Wort zu sagen. Ein Zustand, der zunehmend schlimmer wurde.«

»Entzugserscheinungen?«

Stumm nickte Lisbeth Feldbusch.

»Ein alter Freund von mir ist Arzt, den habe ich angerufen. Während den nächsten Tagen hat er sich um Tanja gekümmert. Er hat mehr getan, als er durfte.«

Entschlossen blickte Lisbeth Feldbusch Kathrin Hansen an. »Verlangen Sie nicht von mir, dass ich den Namen des Arztes nenne, den werde ich niemals sagen.«

Beruhigend griff Kathrin Hansen nach ihrer Hand. Mit Blick zu Maike Jansen hin sagte sie, dass dieser Part im Protokoll nicht erwähnt werde. Für mögliche weitere Ermittlungen wäre dies nicht relevant.

Mit einem »Entschuldigung, dass ich störe«, kam Ava Sari in den Raum und legte Kathrin Hansen einen Ausdruck vor. Das sonst leicht getönte Gesicht der jungen Taiwanerin war käseweiß und Kathrin Hansen bemerkte Tränen in den großen Augen. Schlagartig breitete sich ein mulmiges Gefühl in ihr aus.

Angespannt las sie den Obduktionsbericht. Starrte fassungslos auf das Papier.

Ihr wurde schlecht.

Sie brauchte einen Moment, um das Gelesene verarbeiten zu können. Sonja Klaes hatte bei der Obduktion festgestellt, dass die Tote innere Verletzungen hatte. Verursacht durch massive Tritte gegen ihren Bauch. Tanja Feldbusch war schwanger gewesen.

6. KAPITEL

Sie saßen auf der Terrasse beim Essen und es hätte so ein schöner Abend werden können. Kathrin Hansen hatte ein schlechtes Gewissen, dass sie ihn vermasselt hatte. Doch der brutale Mord an der jungen Frau bekam sie nicht aus dem Kopf. Laut der Pathologin wurde ihr, nachdem sie innerlich verblutet war, die tödliche Spritze mit der Droge gesetzt. Die junge werdende Mutter musste grauenvoll gestorben sein.

»Hindrik, ich brauche einen Schnaps«, sagte Kathrin Hansen.

»Einen Doppelten.«

Mit zwei randvoll gefüllten Gläsern kam Hindrik aus der Küche, reichte eines seiner Lebensgefährtin und sagte: »Ex.«

Eine Weile blieb es still. Hindrik gab ihr Zeit. Auch für ihn war es schwer, den Tod der jungen Frau zu verarbeiten. Aber er hatte sie nicht gesehen, hatte ihre Bilder nicht im Kopf. Für ihn war es leichter, das Geschehen zu unterdrücken. Durch Kathrin Hansen ging ein Ruck. Mit schmalen Augen blickte sie auf den Strand, staunte mal wieder über das unwahrscheinlich schöne Licht beim Versinken der Sonne am Horizont. Und doch war da etwas, das die Euphorie, die sie am Morgen noch hatte hochleben lassen, zerstörte.

»Hindrik«, sagte sie leise, »da draußen läuft ein Monster herum. Ich habe Angst, dass es sich an Frauen und Kinder vergreifen könnte.«

»Habt ihr irgendwelche Anhaltspunkte, eine Vorstellung, wer es sein könnte?«

»Nein. Außer den Namen des Mannes, der Tanja Feldbusch beim Auszug aus ihrem Elternhaus geholfen hat, nichts. Und auch das ist nur vage. Mehr als der Vorname Manni haben wir nicht.«

Frustriert schüttelte Kathrin Hansen den Kopf. Sie dachte an die Mutter der Toten, die nach der Mitteilung, dass ihre Tochter einem Gewaltverbrechen zum Opfer gefallen war, nicht mehr ansprechbar war. Jetzt noch war Kathrin Hansen froh, dass sie ihr nicht die ganze Wahrheit gesagt hatte. Und auch nicht, dass ihre Tochter ein Kind erwartet hatte.

Mit Blick zu Hindrik hin, der einen bedrückten Eindruck machte, wurde Kathrin Hansen bewusst, dass es Zeit war, ein anderes Thema auf den Tisch zu bringen. Etwas, über das sie beide sich freuen konnten. Entschlossen stand sie auf, ging zu Hindrik hin, setzte sich auf seinen Schoß und küsste ihn.

»So«, sagte sie nach einer Weile, »jetzt hole ich eine Flasche Prosecco, und die machen wir in deiner Praxis auf. Sozusagen als unsere kleine private Einweihung.«

»Nur, wenn wir anschließend in deinem Ferienapartment das Ganze wiederholen. Und die Betten dort müssen wir auch mal testen. Schließlich sollen deine Gäste zufrieden sein«, erwiderte Hindrik grinsend.

Dem hatte Kathrin Hansen nun gar nichts entgegenzusetzen, beharrte aber darauf, dass sie vorab die Bilder, die der Künstler ihr am Nachmittag als Fotoabzüge dagelassen hatte, mit Hindrik durchging.

Für die Praxis wählte Hindrik Motive, die Ruhe, Entspannung ausstrahlten. Bilder, mit im Licht stehendem Dünengras. Bilder, mit Dünengras, das sich gegen den Wind behaupten musste. Dünengras, das in seiner Vielzahl Verbundenheit, Widerstand zeigte. Stärke symbolisierte.

Ein in der Horizontalen dreigeteiltes Bild mit Strand und Meer wollte Hindrik in seinem Behandlungszimmer aufhängen. Ein breites Arrangement, dass der Blick der Patienten gefangen nehmen sollte. Dazu hatte Hindrik noch eine Idee. Er bat Kathrin Hansen, den Künstler doch zu fragen, ob er den Dreiteiler durch ein rotes, dickes Seemannstau verbinden könnte. Dadurch sollte signalisiert werden, dass Trennungen wieder zusammengefügt, vereint werden konnten. Ein Thema, dass tatsächlich im Alltag der Psychotherapie ein immer breiteres Feld einnahm. Kathrin Hansen versprach, dass sie das mit dem Künstler schon hinbekommen würde. Sie war glücklich, dass Hindrik die Phase der Depression nach der Schließung des Heims überwunden hatte. Das er wieder positiv in die Zukunft blickte.

Es wurde dann doch noch ein richtig schöner Abend, an dem Kathrin Hansen sogar das Bild, dass sie von Lisbeth Feldbusch gekauft hatte, im Wohnraum des Ferienapartments aufhängte.

Probeweise.

Sie war sich nicht sicher, ob sie es behalten würde. Die Zeit musste zeigen, ob die schrecklichen Erinnerungen, die damit verbunden waren, verschwinden würden.

7. KAPITEL

Am Morgen in der Dienststelle herrschte gedrückte Stimmung. Die gesamte Truppe und Kriminalrat Heidkamp waren immer noch fassungslos, dass ein solch brutales Verbrechen auf der Insel geschehen konnte. Um unter den Feriengästen Panik zu vermeiden, hatte Heidkamp Nachrichtensperre angeordnet. Kathrin Hansen war erleichtert, dass am Strand, als die Tote gefunden wurde, niemand ahnen konnte, wie Tanja Feldbusch wirklich gestorben ist.

Aber nun hieß es, den oder die Täter zu finden. Schnell zu finden. Wenn sie überhaupt noch auf der Insel waren. Friedrichs und Maike Jansen hatten noch in der Nacht die Aufzeichnungen der Kameras auf der Fähre im Schnelldurchgang gecheckt. Dabei kam ihnen zugute, dass zwei Fähren wegen Niedrigwasser ausgefallen waren. Ihren Fokus hatten sie auf jüngere Personen ausgerichtet, auf Personen, die auffällig daherkamen. Eine vage Strategie, doch besser, als nichts zu unternehmen. Für den heutigen Tag hatte Heidkamp Kollegen aus der Dienststelle in Wittmund hinzugezogen, die permanent die ausreisenden Personen kontrollierten.

»Wie fangen wir es an?«, sagte Heidkamp und blickte Kathrin Hansen an.

»Gute Frage. Wir haben nichts, aber auch gar nichts, das wir aufnehmen könnten.«

Sie blickte zu Maike Jansen hin.

»Maike, Tanja Feldbusch hat in der Pension Möwe gewohnt und du hast dich in ihrem Zimmer umgesehen. Hast du etwas gefunden, das uns weiterhelfen könnte?«

Dem Ausdruck im Gesicht der Kriminalassistentin nach hatte sie daran keine gute Erinnerung. Kathrin Hansen, die wusste, wie penibel Maike Jansen war, ahnte, was ihr zu schaffen machte.

»Chaos, in dem Zimmer herrschte ein heilloses Durcheinander. Die Frau muss völlig durch den Wind gewesen sein. Und sie hatte nur wenige Klamotten dabei. Sie wollte nicht lange bleiben. Im Bad habe ich Tabletten gegen Übelkeit in der Schwangerschaft gefunden. Ansonsten«, Maike Jansen hob bedauernd die Schultern, »war da nichts von Bedeutung.«

»Keine Drogen, keine Spritzen?«, fragte Heidkamp nach.

»Nein.«

Kathrin Hansen bemerkte ein Funkeln in ihren Augen und ahnte, dass noch etwas kam.

Maike Jansen griff in ihre Umhängetasche, zog einen Kunststoffbeutel heraus und legte ihn auf den Tisch.

»Zufällig kam ich beim Verlassen der Pension an dem Abfallcontainer vorbei. Was mich dazu getrieben hat, weiß ich nicht, jedenfalls habe ich da mal reingeblickt. Dieser Beutel hier hatte bestimmt nichts im Abfall zu suchen.« Maike Jansen griff hinein und legte den Inhalt auf den Tisch.

»Das ist das Handy von Tanja Feldbusch, und hier noch ein Opioid Medikament. Ein Drogen-Ersatzstoff, der bei einer Entzugstherapie eingesetzt wird.«

Maike Jansen blickte zu Kathrin Hansen hin.

»Ich vermute, dass der Arzt, von dem die Mutter der Toten sprach, das Medikament verschrieben hat.«

»Was ist mit dem Handy, ist es zugänglich?«, wollte Heidkamp wissen.

»Nein, es ist mit einer Touch ID gesichert.«

»Schade. Wir geben es der nächsten Fähre mit. Ich werde veranlassen, dass es in Bensersiel abgeholt wird, damit sich unsere IT in Wittmund damit beschäftigen kann.«

»Sorry. Korrekterweise hätte ich sagen müssen, dass es mit einer Touch ID gesichert war«, erwiderte Maike Jansen.

Heidkamp begriff sofort. Er wusste um die speziellen Eigenschaften von Maike Jansen. Inoffiziell verstand sich. Es hatte Fälle gegeben, in denen er gar nicht hatte wissen wollen, wie die IT affine Kriminalassistentin an Informationen aus Datenbanken gekommen war.

»Und, Maike, wird es jetzt spannend?« warf Kathrin Hansen ein.

»Kann man wohl sagen. Ich konnte zwar erst oberflächig die Daten checken, aber da dürften Kontakte von Typen aufgeführt sein, mit denen unsere Kollegen in Köln mit Sicherheit schon zu tun hatten. Ich sehe zu, dass wir die personenbezogenen Daten und möglichst Fotos bekommen.«

8. KAPITEL

Luftig bekleidet mit einer Shorts und einem Shirt lief Kathrin Hansen am Oststrand in Richtung Ostende. Nach der langen Besprechung brauchte sie frische Luft und Bewegung. Ihre Gedanken drehten sich um das entsorgte Handy von Tanja Feldbusch. Wie blöd muss derjenige gewesen sein, der den Beutel so in den Abfallcontainer geworfen hat, dass er leicht zu finden gewesen ist, ging es ihr durch den Kopf. Vermutlich war derjenige bekifft gewesen. Doch wie auch immer, jedenfalls wurde das Zimmer gefilzt. Und dass nach dem Mord an Tanja Feldbusch, da war Kathrin Hansen sich sicher. In ihren Überlegungen wurde sie durch das Erreichen der Leitung aus riesigen, rostbraunen Eisenrohren, die sich über den Strand schlängelte, abgelenkt. Ein Konstrukt, das nun eigentlich gar nicht dorthin gehörte. Hundert Meter weiter beobachtete sie, wie aus dem Endrohr ein Gemisch von Sand und Schlick mit Hochdruck ausgespuckt wurde. Material für die Strandaufschüttung. Ein gewaltiges und teures Projekt.

Bilder schossen ihr durch den Kopf. Bilder von einem Gemenge aus Sand, Schlick und einem Schiffstau. Darin verwickelt ein Schädel und menschliche Knochenteile. Ein Mordfall, der ihr schwer zu schaffen gemacht hatte.

Und nun hatten sie wieder ein Tötungsdelikt auf der Insel. Die Ermordung einer jungen Frau und ihr ungeborenes Kind. Kathrin Hansen dachte an die Mutter der Toten, die immer noch in dem Hotelzimmer hockte und darauf wartete, dass sie ihre Tochter noch einmal sehen durfte. Ursprünglich hatte Kathrin Hansen vorgehabt, Lisbeth Feldbusch nach Wittmund in die Pathologie zu begleiten, doch davon hatte sie Abstand genommen. Hindrik hatte es ihr nahegelegt. Auch sie müsste mit ihrer psychischen Kraft haushalten, so sein Argument. Und ja, Kathrin Hansen musste es sich eingestehen, Hindrik hatte recht. Belastende Eindrücke liefen ihr noch lange nach. Mochte daran liegen, dass sie älter, verwundbarer geworden war.

Dann gab es da etwas, dass sie nicht länger hinauszögern wollte. Jetzt, da Hindrik seine eigene Praxis hatte, seine Zeit fest einplanen konnte, musste endlich eine Entscheidung fallen. Die Entscheidung, ob sie Kinder haben wollten, oder nicht. Ihre biologische Uhr tickte, ein Zurückdrehen gab es nicht. Ein Lächeln legte sich auf ihr Gesicht, sie hörte Kinderlachen in ihrem Haus, sah ihre Kinder am Strand buddeln, so wie sie es viele Jahre bei anderen Familien beobachtet hatte. Oft mit Neid. Sie erhöhte das Tempo, spürte, wie die Sinne klarer wurden und blieb kurz darauf abrupt stehen.

Nein, entschied sie, es wird nicht mehr gewartet. Jetzt werden Kinder gemacht. Über die Ausdrucksweise belustigt, fing sie an zu lachen. Noch am Abend würde sie mit Hindrik die gemeinsame Entscheidung treffen. Und ja, probieren konnte man ja auch gleich. Eine Vorstellung, die ein Kribbeln in ihrem Bauch auslöste.

Mit sich im Reinen lief sie langsam weiter und erreichte das Ende der Rohrleitung. Sie blickte zu dem Strandzugang hin, der ins Pirolatal führte, als sie das Vibrieren des Handys spürte.

Maike Jansen klang euphorisch.

»Kathrin, du wirst es kaum glauben, aber wir haben einige der Typen, mit denen die Tote Kontakt hatte, identifiziert. Wir könnten die Daten an unsere Kollegen in Köln schicken, die müssten dann prüfen, ob die Personen dort bekannt sind. Wie siehst du das?«

Kurz überlegte Kathrin Hansen und meinte, mit dem Einbeziehen der Kölner Kollegen sollten sie noch etwas warten. In gut einer Stunde wäre sie in der Dienststelle, dann würden sie überlegen, wie es weiterginge. Bis dahin könnte Maike Jansen ja über diese Leute ausbuddeln was möglich ist. Dabei war Kathrin Hansen bewusst, dass ihre Kriminalassistentin es nicht bei den offiziellen Stellen bewenden lassen würde. Maike Jansen hatte die helle Freude daran, sich in Datenbanken umzusehen, die mit Tür und Tor gesichert waren. Nun, Kathrin Hansen hatte gelernt, dass sie nicht alles wissen musste.

9. KAPITEL

Mit Hochdruck hatte Maike Jansen die Daten auf dem Handy des Mordopfers überprüft. Sie wollte herausfinden, ob Kontaktpersonen von Tanja Feldbusch sich auf der Insel befanden, als sie ermordet wurde. Dies war nur über Fotos möglich. Schließlich hatte Maike Jansen zwei Ausdrucke vor sich liegen. Fotos von Frauen. Beide im geschätzten Alter Anfang der zwanzig.

»Maike, du bist eine Zauberin«, meinte Kathrin Hansen, die hinzugekommen war und auf die Fotos blickte.

Gelassen winkte Maike Jansen ab und zeigte auf Friedrichs, der ihr am Schreibtisch gegenübersaß.

»Ohne Olli hätte ich das nicht geschafft. Er hat die von mir ermittelten Kontakte mit den Passagieren auf der Fähre verglichen.«

Maike Jansen setzte ein Grinsen auf.

»Nur die scharfen Augen eines ostfriesischen Wattwurms können bei so vielen Fährgästen bestimmte Personen herausfischen. Und das war auch nur möglich, weil die Aufzeichnungen der Kameras drei Tage gespeichert bleiben. Eine Neuerung, die sich bewährt hat.«

Kathrin Hansen spürte die Spannung, die sich in ihr ausbreitete.

»Und, hat einer der beiden Frauen die Insel wieder verlassen?«

»Olli?« Maike Jansen blickte zu ihrem Lebensgefährten hin.

»Also, auf der Fähre Langeoog IV war keine von ihnen und andere Fähren wurden nicht eingesetzt«, erklärte Friedrichs. »Aber sie könnten einen Flieger oder ein Boot benutzt haben. Das konnte ich noch nicht überprüfen.«

»Könnten sie, glaube ich aber nicht«, erwiderte Kathrin Hansen. »Solche Leute nehmen keinen Privatflieger oder ein Boot, das ist nicht ihre Welt.«

Friedrichs tippte auf die Fotos.

»Davon sollten die Kollegen am Hafen Abzüge bekommen. Ich werde das gleich erledigen. Danach nehmen wir uns die Hotels und Pensionen vor.«

»Okay, macht das«, stimmte Kathrin Hansen zu. »Ich fahre zu Heidkamp und bringe ihn auf den neusten Stand. Er kann veranlassen, dass Lisbeth Feldbusch sicher nach Wittmund kommt. Eine Kollegin von dort müsste auf die Insel kommen, um sie abzuholen. Alleine können wir sie nicht fahren lassen. Sie ist Suizid gefährdet.«

Beim Verlassen des Hauses beschloss Kathrin Hansen die kurze Strecke bis zum Kavalierpad zu Fuß zu gehen. Es war Sonntag, kurz nach Mittag, dazu ein Traumwetter. Wolkenloser Himmel, die Sonne stand im Zenit. Am Strand tummelten sich Eltern mit ihren Kindern, die laut kreischend in der Matsche plantschten. Sand und Wasser ohne Ende, Schaufel, Eimer, und die Kinder waren glücklich. Für ihre Eltern eine entspannte Zeit. Auch im Meer war viel los. Durch die seit Wochen hohen Temperaturen brachte die Nordsee es auf locker 23°C. Eine traumhafte Temperatur, um sich zu erfrischen. Und die Vermieter der Strandkörbe konnten sich auch nicht beklagen. Soweit Kathrin Hansen blicken konnte, waren fast alle belegt.

Langeoog, wie ich es liebe, dachte sie.

Hin und wieder blickte sie durch das Fernglas und suchte den Strand ab. Sie glaubte zwar nicht, dass die gesuchten Personen sich um diese Zeit dort aufhielten, doch möglich wäre es. So ziemlich am Ende des Höhenweges wollte sie in den Hospizpad einbiegen, als sie bemerkte, dass es am Strand zu einem Auflauf gekommen war.

Mehrere Frauen und Männer standen herum, diskutierten heftig und zeigten auf eine Stelle nahe den Dünen. Ihre Kinder standen einige Meter entfernt und wurden von einem Ehepaar zurückgehalten. Da stimmt etwas nicht, schoss es Kathrin Hansen durch den Kopf. Schnell stapfte sie den Strandzugang hinunter und ging auf die Gruppe zu.

»Gibt es hier etwas Besonderes?«, fragte sie die junge Frau, die sie als erste erreichte.

»Wenn man Spritzen mit Kanülen so sehen will, ja«, erwiderte die Frau aufgeregt. »Diese Scheißdinger können doch nur von Junkies sein.« Eine weitere Frau, die hinzukam meinte hysterisch, so etwas gehöre in die Zeitung.«

Kathrin Hansen fand es an der Zeit einzugreifen. Sie rief die Leute zu sich und stellte sich vor. Um Ruhe bemüht dankte sie ihnen, dass sie die Spritzen gefunden hatten, bevor ein Unglück passieren konnte. Gleichzeitig rief sie Ava Sari in der Dienststelle an, schilderte ihr die Situation und bat sie, die Inselfeuerwehr zu informieren. Sie sollten Geräte mitbringen, um rund um die Fundstelle den Strand absuchen zu können.

Kathrin Hansen hatte Verständnis dafür, dass die Mütter und Väter aufgebracht waren, bat aber, sachlich zu bleiben. Eine Weile diskutierten sie, wobei Kathrin Hansen erklärte, dass es in den Jahren ihrer Dienstzeit auf der Insel einen solchen Fall noch nicht gegeben hatte. Machte den Leuten jedoch auch klar, dass es unmöglich wäre, täglich den Strand abzusuchen. Ein Problem, dass es nicht nur auf Langeoog gebe.

Geduldig hörte sie sich Vorschläge der Feriengäste an, stimmte ihnen teilweise zu und beruhigte so die Situation. Zum Glück kamen dann auch schon die Jungs von der Feuerwehr, denen Kathrin Hansen nach einer kurzen Erklärung das Feld überließ. Danach entfernte sie sich mit der Gruppe und bat sie, ihre Dienststelle anzurufen, sollte etwas nicht in Ordnung sein.

In der Hoffnung, dass nicht doch noch einer von ihnen die Zeitung informierte, stapfte sie den Strandzugang hinauf. Über den Vorfall war sie mehr besorgt, als sie den Leuten gegenüber gezeigt hatte. Für sie stand fest, dass es hier um Junkies ging, um Drogenabhängige. Vielleicht waren sie aus Köln gekommen, so wie die Ermordete. Leute aus der Clique, in der sie gelebt hatte. Bei diesem Gedanken fiel ihr der Mann ein, der Tanja Feldbusch beim Verlassen ihres Zuhauses geholfen hatte. Über ihn wussten sie nichts. Kathrin Hansen beschloss,

Maike Jansen auf ihn anzusetzen. Sie konnte sich mit der Mutter von Tanja Feldbusch zusammensetzen und ein Phantombild erstellen. Auf dem Computer hatten sie ein Programm, das bereits in der Vergangenheit erstaunlich genaue Portraits von gesuchten Personen geliefert hatte.

Automatisch ging Kathrin Hansen schneller. Ihr blieb nicht viel Zeit. Noch so ein Vorfall, und die Insel kam in die Schlagzeilen. Langeoog würde sich in die Liste der Orte einreihen müssen, die von Familien, die unbesorgt Ferien machen wollten, gemieden wurden. Eine schreckliche Vorstellung.

10. KAPITEL

Elseke Heidkamp musste ihr Kommen bemerkt haben. Jedenfalls stand sie in der Haustür und blickte mit einem Lächeln ihr entgegen. Herzlich umarmte sie Kathrin Hansen und bat sie ins Haus. Wie immer duftete es im Hause Heidkamp nach frisch gebackenem Kuchen. Für Kathrin Hansen war klar, ohne ein Stück zu probieren, käme sie nicht weg. Schmunzelnd dachte sie daran, dass die leicht rundliche Elseke Professorin für Ernährungswissenschaft war. Sie, die ihren Studenten einbläute, streng auf die Ernährung zu achten, hatte keine Probleme damit, mächtige Torten zu kreieren. Mit Schlag oder Buttercreme. Leider konnte Kathrin Hansen nie widerstehen und selten blieb es bei einem Stück. Ihr Kalorienhaushalt danach war entsprechend.

»Kathrin, möchtest du sofort mit Berend reden, oder können wir erst ein Tässchen Kaffee trinken?«, meinte die Hausherrin.

»Elseke, es brennt, ein Tässchen Kaffee gerne danach.«

»Gut, ich sage ihm Bescheid. Setze dich in den Konferenzraum, du kennst dich ja aus.«

In der Tat kannte Kathrin Hansen das Haus fast wie ihr eigenes. Bevor der Kriminalrat es gekauft hatte, war es im Besitz eines russischen Oligarchen gewesen. Eines Gewaltverbrechers, eines Mörders. Ein schwerer Fall, dessen Wurzeln weit in die Vergangenheit führten. Im Laufe der Ermittlungen stellten Kathrin Hansen und ihr Team das Anwesen von oben bis unten auf den Kopf, jeder Winkel wurde durchsucht. Nach Auflösung des Falles stand das luxuriöse Haus zum Verkauf. Weit unter Marktpreis. Zur gleichen Zeit beschlossen der Kriminalrat und seine Frau von Wittmund auf die Insel zu ziehen. Dort wollten sie ihren Lebensabend verbringen. Da kam ihnen das Immobilienangebot gerade richtig. Sie kauften es.

Kathrin Hansen ging in den Konferenzraum und staunte mal wieder über die Hightech Anlagen. Auf der Stirnwand dominierte ein riesiger Monitor, der für Videokonferenzen eingesetzt wurde, oft bis nach Übersee. Als Chef der Polizeiinspektion Wittmund hatte Kriminalrat Heidkamp sein eigentliches Büro in dem dortigen Verwaltungsgebäude, arbeitete aber immer häufiger von hier aus. Er stand kurz vor dem Ruhestand und fuhr in der Regel nur noch einmal die Woche aufs Festland. Wenn es brannte, flog er per Helikopter. Weiterhin gab es eine Computeranlage mit Laserprinter und eine Freisprechanlage für Konferenzen mit mehreren Teilnehmern.

»Elseke meinte, es brennt«, sagte Heidkamp, als er in den Raum kam und sie begrüßte.

»Stimmt.«

Ausführlich brachte Kathrin Hansen ihn auf den neusten Stand. Bis zur Erwähnung der zwei gesuchten Kontaktpersonen blieb er gelassen, als sie ihm von den Spritzen am Strand berichtete, war es damit vorbei. Eine ähnliche Situation hatte er vor Jahren auf einer anderen Insel erlebt, erklärte er. Wiederholungstäter, die es fertigbrachten, dass der Strand für mehrere Tage gesperrt werden musste. Ein Imageverlust, unter dem der Tourismus noch lange zu leiden hatte.

»Also, so wie ich das gesehen habe, haben diese Leute bewusst eine Nische in den Dünen gesucht. Eigentlich schon nicht mehr auf dem Sandstrand. Jedoch gibt es keine Garantie, dass sie es wieder so machen.«

»Wäre eine Streife am Abend sinnvoll?«

»Auf jeden Fall, den Gedanken hatte ich auch schon.«

»Hm.« Nachdenklich blickte Heidkamp auf die Fotos, die Kathrin Hansen auf den Tisch gelegt hatte. »Dass die beiden Frauen etwas mit dem Mord zu tun haben könnten, kann ich mir nicht vorstellen. Dass sie gekifft haben ja, aber Mord, da sehen die mir nicht nach aus.«

»Mit der Vorstellung tue ich mich auch schwer. Denken wir daran, dass die Ermordete schwanger war, dass sie mehrmals in den Bauch getreten wurde. Jemand wollte sie und das Kind töten. Die jungen Frauen hier sehen mir eher wie gute Freundinnen aus, die ihr nachgereist sind, um auf der Insel Spaß zu haben.

Und«, die Stirn von Kathrin Hansen legte sich in Falten. »Es gibt einen Mann, der nach Aussage der Mutter der Toten ein sehr enger Freund, wenn nicht sogar mehr, von Tanja Feldbusch gewesen ist.« Kathrin Hansen wiederholte, was Lisbeth Feldbusch ausgesagt hatte.

»Ich vermute, dass es ihr Zuhälter war, möglicherweise sogar der Vater des Kindes. Diesen Mann müssen wir finden.«

»Gibt es Hinweise dafür, dass er am Tag des Verbrechens auf der Insel war?«

»Nein, doch das heißt nichts. Dieser Manni ist ein anderes Kaliber als die Frauen. Er wüsste, wie man es anstellt, unerkannt zu bleiben.«

Kathrin Hansen stöhnte auf.

»Doch das alles ist nur reines Bauchgefühl. Um weiterzukommen müssen wir die Frauen finden, sie könnten wissen, wer der Mann ist. Jedenfalls wird Maike Jansen versuchen mit der Mutter der Toten ein Phantombild zu erstellen. Sie hat sich den Mann genau angesehen. Außerdem sollten wir die Kölner Kollegen einschalten. Haben wir Glück, sind die Gesuchten dort aktenkundig.«

Heidkamp bemerkte die steile Falte, die sich auf die Stirn der Hauptkommissarin abzeichnete. Er wusste um ihren Widerwillen mit der Polizeibehörde in Köln zusammen zu arbeiten. Dort arbeitete ihr Exmann. Ein Scheißkerl, der ihr nach wie vor das Leben schwer machen würde. Ihn wollte sie auf keinen Fall treffen. Heidkamp beschloss, sie dort raushalten.

»Gut. Die Kölner Kollegen übernehme ich. Der Polizeipräsident ist ein Golffreund von mir. Ich werde ihn bitten zu veranlassen, dass seine Leute sich direkt an mich wenden.«

Erleichtert atmete Kathrin Hansen auf.

»Danke.«

Anschließend genehmigte Heidkamp, dass die Beamten aus der Polizeiinspektion Wittmund einen weiteren Tag am Hafen die ausreisenden Personen kontrollierten sollten. Ein personeller Aufwand, bei der Schwere des Verbrechens jedoch gerechtfertigt, argumentierte er. Und um die Begleitung von Lisbeth Feldbusch von Langeoog zur Pathologie wollte er sich auch kümmern.

Wie so oft spürte Kathrin Hansen, dass er sie entlasten wollte. Was kaum einer wusste, Heidkamp war ein sehr enger Freund ihres Vaters gewesen. Beide hatten zusammen auf der Polizeihochschule studiert. Seid ihr Vater früh verstorben war, hatte der Kriminalrat sich um sie gekümmert. Unauffällig verstand sich, wie es seine Art war. Kathrin Hansen hatte den Verdacht, dass er so manche Fäden gezogen hatte, damit ihr keine Steine in den Weg gelegt wurden. Auch bei ihrer Versetzung auf die Insel musste so etwas gelaufen sein. Nach dem Crash in ihrer Ehe wollte sie weg von Köln und hatte die Versetzung beantragt. Mit ein bis zwei Jahren Wartezeit hatte sie gerechnet, konnte jedoch drei Tage später ihren Schreibtisch in der Kölner Dienststelle ausräumen. Noch in der gleichen Woche wurde sie Leiterin der Polizeidienststelle Langeoog. Nach außen hin machte Heidkamp einen auf ahnungslos, rieb ihr unter die Nase, dass sie ihre Karriere in den Wind geschossen hätte. Ihre Spezialausbildungen, ihre GSG Erfahrung, alles war für die Katz, so hatte er sich geäußert. In Wirklichkeit spürte Kathrin Hansen, dass er sie in seiner Nähe haben wollte. Für ihn und seiner Frau war sie im Laufe der Zeit zur Ersatztochter geworden. Auch mit ein Grund, warum sie auf die Insel gezogen sind. Kathrin Hansen fühlte sich bei ihnen zu Hause, half ihnen, wenn es angebracht war.

Heidkamp stand von seinem Stuhl auf, drückte seinen Rücken durch und meinte, sie sollten Elseke nicht länger warten lassen.

»Sonst hält sie mir nachher eine Gardinenpredigt, dass ich mal wieder nicht hätte Schluss machen können«, meinte er augenzwinkernd.

11. KAPITEL

Maike Jansen hatte sich mit Friedrichs für sechzehn Uhr auf die Terrasse des Cafés Sanddorn verabredet. Bis dahin wollten sie den Großteil der Hotels und Pensionen abgegrast haben. Bei Maike Jansen, die als erste eintraf, sah es nicht erfolgreich aus. Über die gesuchten Frauen hatte sie keine Hinweise finden können. Nun hatte sie auf ihrem Plan noch einige abseits gelegene Pensionen im Umfeld der Hafenstrasse stehen. Doch erst einmal gab es eine schöne Tasse Ostfriesentee mit einem Stück Sanddorntorte. Die durfte heute auch ruhig etwas größer sein, dachte sie schmunzelnd. Als gebürtige Hamburgerin war sie eigentlich mehr eine Kaffeetante, doch war sie mit ihrem Lebensgefährten zusammen, gab es meistens Ostfriesentee mit allem Drum und Dran. Für ihn war das ein Teil der Lebensqualität und sie wollte ihm dies nicht vermiesen.

Gerade wollte sie die Bedienung bitten, mit der Bestellung noch einen Moment zu warten, als ihr Handy sich meldete.

Na, hoffentlich kann ich die Sanddorntorte nicht in den Wind schreiben, dachte sie, als Friedrichs sich meldete.

»Maike, komme sofort zum Kitstrand, dort liegt in einem Strandkorb eine Frau. Sie ist eine der gesuchten Personen.«

»Lebt sie noch?«

»Ja, ist jedoch nicht ansprechbar. Kathrin und der Notarzt sind nach hier unterwegs. Wir sollen sehen, dass keiner nahe an sie herankommt, meinte Kathrin.«

»Okay, bin gleich da.«

Mit einem bedauerndem Blick auf die Tortentheke verließ Maike Jansen das Café, setzte sich auf ihr Bike und fuhr in Richtung Kitstrand.

»Helene Sinter, 23 Jahre, wohnte in Köln bei ihren Eltern, ist dort vor einem Jahr ausgezogen. Ob sie arbeitet, ist nicht bekannt.«

»Maike, woher hast du das?«, wollte Kathrin Hansen wissen.

»Ich habe die Verbindung zu den Eltern ermitteln können, die Mutter an der Strippe gehabt und mich als Freundin ausgegeben. Es war ein kurzes Gespräch. Ihre Mutter wollte nicht über die Tochter reden.«

»Sie weiß also nicht, dass ihre Tochter auf Langeoog ist?«

»Nein.«

»Wir müssen sie in die Notfall Klinik bringen«, schaltete sich Dr. Hinksen ein. »Sie hat sich mit Alkohol und Drogen bis zum Totalausfall betäubt.«

Hinksen schüttelte den Kopf.

»Den Einstichen auf ihrem Arm nach ist sie schon länger abhängig. Sie muss ein verdammt starkes Herz haben, sonst hätte sie diesen Crash hier nicht überlebt.«

Kathrin Hansen hatte schon das Handy am Ohr und rief die Notfall Klinik an. Lena Friesen, die leitende Stationsschwester war eine gute Bekannte von ihr. Sie hatte Dienst und war am Apparat. Kathrin Hansen schilderte worum es ging und bat sie, die Patientin in ein Einzelzimmer zu legen. Möglichst so, dass sie im ständigen Blickfeld des Personals ist. Sie deutete an, dass die Frau Suizid gefährdet sei. Am Schluss bat sie die Stationsschwester sich zu melden, sobald die Patientin ansprechbar ist. Lena Friesen versprach sich um alles zu kümmern.

Zufrieden beendete Kathrin Hansen das Gespräch, spürte jedoch die Unruhe, die sich in ihr breit machte. Ihr ging durch den Kopf, dass Helene Sinter die Ermordete kannte, vielleicht sogar mit ihr in der Clique gelebt hatte. Sie könnte schwanger sein und Angst haben getötet zu werden.

Kathrin Hansen sah zu dem Arzt hin, der mit den Rettungssanitäter redete. Sie ging zu ihm und fragte ihn, wann sie damit rechnen könnte, dass die Frau ansprechbar wäre. Dr. Hinksen wollte sich nicht festlegen, rechnete jedoch in den nächsten Stunden damit. Es würde davon abhängen, welche Behandlung sein Kollege in der Notfall Klinik durchführte. Möglicherweise versetzte er die Frau in einen künstlichen Schlaf, um sie zu stabilisieren.

Na toll, dachte Kathrin Hansen, der Mörder läuft weiterhin frei herum und wir können nur mit den Hufen scharren.

12. KAPITEL

Zwar saß Kathrin Hansen auf heißen Kohlen, sie wartete auf den Anruf aus der Klinik, hatte jedoch auf der Terrasse den Tisch gedeckt. Mit Hindrik saß sie beim Abendessen. Sie diskutierten über Drogen, ihre Ursache und Wirkung. Für Hindrik war das Vorfeld interessant. Er hatte Beispiele parat, in denen Menschen aus unterschiedlichen Gründen zu Drogen gegriffen hatten. Am wenigsten waren der Zufall oder ein Probieren aus Neugierde der Anlass, so seine Erfahrung. Zerrüttetes Elternhaus, Scheitern an den Aufgaben des Alltags, Verzweiflung, Liebeskummer, Schicksale, waren in der Regel ausschlaggebend.

»Bei der ermordeten Frau könnte es anders sein«, meinte Kathrin Hansen.

»Ihre Mutter hat ausgesagt, dass die Tochter in eine Clique hineingeraten ist. Sie wurde drogenabhängig, zog von Zuhause aus und lebte mit Junkies zusammen. Ihre Ausbildung als

Zahntechnikerin brach sie ab und ihre Mutter befürchtete, dass sie sich Geld durch Prostitution verdiente. Wenn sie es auch nicht so genau präzisierte. Jedenfalls wurde die Tochter beim Auszug von Zuhause von einem Mann begleitet. Manni nannte sie ihn. Ihre Mutter hat sich ihm in den Weg und zur Rede gestellt. Nun, ändern konnte sie nichts, hatte jedoch einen guten Eindruck von ihm. Er war gepflegt, hatte gute Umgangsformen, wirkte seriös. Verhielt sich direkt nett. Für mich das professionelle Profil eines Zuhälters der gehobenen Klasse. Zudem hatte die Mutter den Eindruck, dass ihre Tochter in ihn verliebt war.«

Hindrik trank einen Schluck alkoholfreies Jever und stellte stirnrunzelnd das Glas auf den Tisch.

»An diesem Punkt wird es spannend«, sinnierte er. »Dein Gefühl sagt dir, dass dieser Manni der Zuhälter der Frau war. Richtig?«

»Ja.«

»Gut. Danach könnte die Abhängigkeit der jungen Frau, ihr Bruch mit der Familie, das Aufgeben der Arbeitsstelle, all das könnte geplant worden sein. Ohne dass sie das überhaupt registriert hat.«

»Du meinst, sie wurde in ihrem Umfeld lokalisiert, dann umworben, drogenabhängig gemacht, um sie am Schluss auf den Strich schicken zu können?«

»Genau. In meiner Zeit als psychologischer Berater bei der Bremer Sitte habe ich das oft erlebt. Es ist ein Geschäftsmodell der Prostitution. Anfangs werden mit den Frauen schicke Bars besucht, es gibt viel Alkohol, Drogen, immer gute Laune. Ein Lifestyle Leben. Über Geld spricht keiner. Schnell baut sich eine Abhängigkeit auf, aus der die Opfer, ich nenne sie so, nicht mehr herauskommen.«

Eine Weile blieb es still zwischen ihnen, Kathrin Hansen hing ihren Gedanken nach. Sie dachte an Tanja Feldbusch und ihre Mutter, eine Künstlerin. Von Natur her sensibel reagierend auf die Reize ihrer Umwelt. Verdammt, sie musste doch die Veränderung im Leben ihrer Tochter mitbekommen haben, hätte frühzeitig reagieren müssen. Plötzlich wurde Kathrin Hansen auf diese Frau wütend, fragte sich, ob der Eindruck von ihr sie getäuscht hatte. Ob Missstände in der Familie die Tochter schon in jungen Jahren vor die Tür getrieben hatten.

Ehe sie sich weiter in diese Vorstellung vertiefen konnte, meldete sich ihr Handy.

Notfall Klinik.

Kathrin Hansen atmete auf, endlich ging es weiter. Bald würden sie mehr wissen.

Lena Friesen klang wütend.

»Kathrin, die Patientin ist weg.«

Kathrin Hansen war perplex.

»Was, Helene Sinter ist nicht mehr in der Klinik, was ist passiert?«

»Es gab einen Notfall in einem anderen Zimmer. Ich war alleine auf Station und musste mich darum kümmern. Es hat gedauert und als ich ins Stationszimmer zurückkam, war die Patientin verschwunden. Ich hatte vorher noch nach ihr gesehen. Sie hing am Tropf und war wach. Aber instabil. Frage mich nicht, wie sie es geschafft hat, sich anzuziehen und das Haus verlassen konnte.«

»Könnte ihr jemand geholfen haben?«

»Dann muss dieser Jemand gekommen sein, als ich nicht da war.«

»Lena, du sagst, sie war wach, hat sie was gesagt, gefragt, was mit ihr passiert ist?«

»Nein. Ich habe ihr gesagt, wo sie ist und dass der Rettungsdienst sie eingeliefert hat. Als ich sie nach ihrem Namen gefragt habe, hat sie den Kopf weggedreht und geschwiegen.«

13. KAPITEL

Sie stand unter der Dusche und war völlig durch den Wind. In der Nacht hatte sie wenig geschlafen, hatte sich Vorwürfe gemacht, dass sie keine Wache vor dem Patientenzimmer gestellt hatte. Versuche von Hindrik sie zu beruhigen waren kläglich gescheitert. Und das Gespräch über ihre Familienplanung, auf das sie sich gefreut hatte, war auch ausgefallen. Sie drehte die Temperatur des Wassers soweit auf kalt, wie sie es gerade noch ertragen konnte. Doch dann gab es einen Lichtblick an diesem Morgen. Hindrik kam ins Bad und stellte ihr einen Pott Kaffee hin.

»Extra stark«, meinte er lächelnd, blickte bedauernd auf seine Uhr und meinte, er müsste los, gleich käme der Schreiner, um das letzte Einbauregal in der Praxis zu montieren.

Kathrin Hansen drückte ihm einen nassen Kuss auf die Backe und versprach sich zu melden, sobald sie absehen könnte, wann sie sich von der Dienststelle loseisen konnte.

Während der zweite Kaffee durch den Filter lief, rief sie Friedrichs an. Er und Maike Jansen saßen beim Frühstück. Bewusst hatte sie ihnen nichts von dem Verschwinden von Helene Sinter gesagt. Unternehmen hätten sie nichts können und warum auch ihnen die Nacht verderben. Doch nun, wo es draußen hell war, konnten sie sich auf die Suche machen.

Friedrichs fiel dann auch aus allen Wolken, als sie ihm die Situation schilderte. Durchs Handy hörte Kathrin Hansen wie Maike Jansen aufgebracht »Scheiße« rief.

»Frühstückt zu Ende und kämmt dann den Strand ab. Nehmt das Strand Car, damit es schneller geht. Olli, beginnt beim Naturschutzgebiet hinter dem Flinthörn. Es könnte sein, dass die Frau versucht von dort zum Hafen zu gelangen. Ich glaube kaum, dass sie zu ihren Leuten zurückgehen wird. Irgendetwas stimmt da nicht. Jedenfalls müsst ihr auch die Strandkörbe kontrollieren.

Gleichzeitig werde ich mit einem Fahrzeug der Strandverwaltung von Osten kommen. Ist die Gesuchte am Strand, werden wir sie finden. Ach ja, Hannes Friese, der Kapitän der Langeoog IV, die heute die erste Route fährt, habe ich informiert. Er hat ein Foto von Helene Sinter. Sollte sie dort auftauchen ruft er uns an. So, jetzt können wir nur hoffen, dass die Frau noch lebt.«

Hatte am Tag zuvor ein Traumwetter geherrscht, regnete es und der Ostwind drückte die Temperaturen herunter. Entsprechend menschenleer war der Strand. Warm eingepackt saß Kathrin Hansen neben Klaas Schriever in einem kleinen Strandtraktor. Damit sie schnell vorankamen, waren sie durch das Pirolatal bis Ostende gefahren und dann auf den Strand. Nun fuhren sie nach Westen, wobei Schriever den Strand und die Strandkörbe absuchte, während Kathrin Hansen mit dem Fernglas die Dünen durchkämmte.

»Kathrin, was genau ist eigentlich passiert?«, fragte Schriever nach einer Weile. Kurz überlegte Kathrin Hansen wieweit sie ihn einweihen durfte und entschied sich für die halbe Wahrheit.

»Klaas, die gesuchte Person war Patientin in der Notfall Klinik. Unter Einfluss von Drogen wurde sie dort gestern eingeliefert. Irgendwann am Abend ist sie dann von dort verschwunden. Wir befürchten, dass sie verwirrt ist und sich gefährden könnte. Wir müssen sie schnell finden.«

»Was für ein Schiet. Drogen, sagst du, ich wüsste gar nicht wie ich an so ein Zeugs kommen könnte.« Ein Grinsen legte sich auf sein Gesicht. »Da ist mir doch ein Schnaps lieber. Kann auch schon mal ein Doppelter sein.«

»Geht mir auch so, doch die Gesuchte kommt aus einer Großstadt, da sind Drogenabhängige keine Seltenheit.« Schriever quittierte es mit einem verständnislosen Kopfschütteln, kniff die Augen zusammen und zeigte zu dem Strandkorb 689 hin.

»Kathrin, in dem scheint sich jemand verkrochen zu haben, das sollten wir uns mal ansehen.«

»Okay.«

Eingehüllt in eine braun karierte Decke hockte die Person mit angezogenen Beinen in dem Strandkorb. Ihre Strickmütze hatte sie bis über die Ohren gezogen. Ein Umstand, warum sie von ihrer Umgebung nichts mitbekam. Jedenfalls zuckte die ältere Frau zusammen und blickte zu ihnen hin.

»Also, das sage ich Ihnen direkt«, legte sie auch schon los. »Ich bin nicht schuld, dass ich kein Ticket für den Strandkorb habe.« Sie zeigte auf das Servicehäuschen der Strandvermietung, das etwa fünfzig Meter entfernt am Strandzugang stand. »Die Verkaufsstelle dort hat geschlossen. Laut Aushang müsste ich bis zum Weststrand pilgern, um ein Ticket kaufen zu können. Mit der Arthrose in beiden Knien ist das unmöglich.«

Beruhigend hob Kathrin Hansen die Hand und erklärte ihr, dass sie keine Kontrolleure wären, sondern prüfen würden, ob am Strand alles in einem ordnungsgemäßen Zustand ist.

»Alles ist gut«, sagte Kathrin Hansen mit einem Lächeln. Sie fragte, ob denn schon viele Strandläufer vorbeigekommen wären, worauf die Frau erklärte, sie hätte meditiert und die Augen geschlossen gehabt. Aber auch sonst hätte sie niemanden gesehen.

Minuten später erreichten sie den Sportstrand und Kathrin Hansen konnte mit dem Fernglas das Strand Car von Friedrichs und Maike Jansen sehen. Verdammt, dachte sie enttäuscht, die haben Helene Sinter auch nicht gefunden. Sie spürte, wie Schriever sie anstupste und auf einige Möwen zeigte, die mit schrillen Schreien auf eine bestimmte Stelle in den Dünen hinunter schossen.

»Kathrin, guck doch mal mit dem Feldstecher dort hin«, meinte er und steuerte auf die Dünen zu. Doch auch mit dem Glas konnte Kathrin

Hansen nichts ausmachen. Aus ihrer Perspektive blickte sie frontal gegen Dünengras, Erdhügel und Sträucher mit Hagebutten. Schriever lenkte den Traktor bis an die Dünenkante, stieg aus und meinte, er wollte sich mal ansehen, auf was die Möwen so scharf wären. Schriever war ein Baum von einem Mann und Kathrin Hansen stampfte ohne viel sehen zu können hinter ihm her. Nach etwa zwanzig Metern stellte sie verblüfft fest, dass sie vom Strand aus nicht mehr gesehen werden konnten. Sie waren in eine breit ausgelegte Senke geraten, die irgendwann mal durch einen Erdrutsch entstanden sein musste. Wahrscheinlich während einer Sturmflut, vermutete sie. Kurz darauf blieb Schriever stehen und zeigte nach vorne.

»Kathrin, da ist etwas, das sieht aus wie ein Flatterband, das könnte es sein, dass die Möwen angelockt hat. Komm, wir sehen uns das mal an. Einen Augenblick später blickten sie auf das Ende eines roten Schals.

»Klaas, stopp, keinen Meter weiter«, sagte Kathrin Hansen und ahnte, was sie erwartete.

14. KAPITEL

Nun war das geschehen, wovon Kathrin Hansen schon oft in Alpträumen verfolgt wurde. Was sie immer versucht hatte zu vermeiden, damit Feriengäste nicht in Panik gerieten. Mit einer rotweißen Kette war der Strandzugang gesperrt, Leute der Feuerwehr standen am Strand auf Posten und sperrten ihn nach Westen und Osten hin ab. Auf Anfragen von Urlaubern, was denn passiert sei, sagten sie, dass es ein Unglück gegeben hätte.

Sie beobachtete, wie der Heli von Süden her Anflug auf den Strand nahm, mit einem schrillen Surren der Rotoren aufsetzte und sich die Außentür öffnete. Sonja Klaes, die Pathologin, stieg als erste aus, gefolgt von zwei Beamten der Kriminaltechnik. Eine Aktion, die weithin sichtbar war. Diesmal hatte Kathrin Hansen keine Möglichkeit gesehen, das Geschehen unter die Decke zu halten.

Eng stand sie mit Maike Jansen und Friedrichs zusammen und beobachtete wie die Kriminaltechniker verzweifelt nach Hinweisen suchten. Bei dem sandigen Boden, dem ständigen Wind, gab sie ihnen kaum eine Chance. Ihr Blick wanderte zu Sonja Klaes, die mit einer langen schmalen Pinzette ein offensichtlich inneres Organ vom Boden hochhob, es intensiv betrachtete und in eine Tüte steckte. Friedrichs wandte sich mit kalkweißem Gesicht ab. Gleich wird er in die nächste Ecke kotzen, dachte Kathrin Hansen. Aus Erfahrung wusste sie, dass der sonst so gelassene Ostfriese solche Anblicke nicht abkonnte.

Sie wandte sich an ihre Kriminalassistentin.

»Maike, was ich nicht ganz verstehe, wie hat der Täter diese Senke hier überhaupt finden können? Mal so eben aus Zufall glaube ich nicht, dafür liegt sie doch zu weit in den Dünen. Wenn Sievers nicht das Verhalten der Möwen beobachtet hätte, wären wir hier nie hingekommen.«

Nachdenklich nickte Maike Jansen.

»Gleiches habe ich mich auch schon gefragt. Gehen wir davon aus, dass der Täter kein Insulaner ist, der die Dünen kennt, gibt es nur eine Erklärung.«

Sie zeigte in den Himmel.

»Nur von oben kann die Senke gesehen werden.«

»Du meinst, der Täter hat sie aus dem Flugzeug gesehen, als idealer Platz für einen Mord eingestuft, und sie sich dann auch noch gemerkt? Das dürfte dann doch zu weit hergeholt sein.«

»Nein, Kathrin, so nicht. Es wurde eine Drohne, bestückt mit einer Kamera, eingesetzt. Darauf wette ich das nächste Matjesbrötchen.«

Für Kathrin Hansen hörte sich das zwar überzeugend an, erschloss sich ihr aber nicht.

»Maike, warum zum Teufel sollte jemand mit so einem Ding die Dünen absuchen?«

Maike Jansen hatte bemerkt, dass ein Kriminaltechniker nach einer Schüppe langte und etwas ausbuddelte. Sie machte Kathrin Hansen darauf aufmerksam.

»Ich glaube, der Kollege dort, hat gerade die Antwort auf deine Frage gefunden.« Sie gingen zu dem Mann hin und starrten auf die Plastiktüte, die er in der Hand hielt. Eine billige Kühltasche eines Discounters.

Mit Bedacht öffnete der Kriminaltechniker sie, knurrte etwas vor sich hin und öffnete sie so weit, dass die beiden Frauen hineinblicken konnten. Kathrin Hansen registrierte mehrere

Kunststoffbeutel, gefüllt mit weißem Pulver, mit einem Gummiband befestigte Spritzen, Kanülen und drei Flaschen Wodka.

»Na super«, meinte Maike Jansen, »jetzt ist die Kacke so richtig am Dampfen.«

Friedrichs, der hinzugekommen war hakte nach, wie sie das meinte.

»Ist doch klar, Olli, das hier ist nicht das Equipment von Junkies, dafür ist die Nummer zu groß. Wenn das Zeug in den Beuteln Heroin ist, handelt es sich um sehr viel Kohle. Heißt, hier sind professionelle Dealer am Werk.«

»Und Monster«, warf Kathrin Hansen mit einem Seitenblick auf das entstellte Gesicht der Toten ein. »Schlächter, die kein menschliches Gefühl kennen.«

15. KAPITEL

Irgendwie fühlte Kathrin Hansen sich zwischen zwei Szenen hin- und hergerissen. In der sonnigen Szene kümmerte sie sich um Dinge, die bis zur Eröffnung der Praxis und des Ferienapartments noch geregelt werden mussten. In der schwarzen Szene lebte sie in einer Blase von Mord, Blut, Drogen. Im Moment hockte sie im Hinterzimmer der Gaststätte *Fährmann*. Seit Jahren ihre zweite Dienststelle, wenn es darum ging, aufgestauten Frust mit einem Bier hinunterzuspülen. Heidkamp hatte einen Teller mit Schnittchen kommen lassen und Kathrin Hansen wurde bewusst, dass sie seit dem Morgen nichts mehr gegessen hatte. In der Runde saß auch Bent Maartens, der ehemalige Leiter der Mordkommission von Hamburg. Im Ruhestand pflegte er immer noch ein intaktes Netzwerk bis hin zum Bundeskriminalamt. Oft schon hatten seine Beziehungen ihnen geholfen.

Maike Jansen schluckte den letzten Bissen des Käsebrötchens hinunter, trank einen Schluck Bier und öffnete ihr iPad. In der Dienststelle hatte sie kurz vorher alle Fakten der beiden Mordfälle zusammengefasst.

»Also Leute, es ist schon krass, was hier auf unserer Insel los ist«, begann sie. »Langeoog scheint die Spielwiese für Drogenabhängige, Dealer und skrupellose Killer zu sein. Angefangen hat es mit der Tote am Oststrand. Tanja Feldbusch, 21 Jahre alt. Wohnhaft in Köln. Sie war drogenabhängig, schwanger, wurde durch schwere Tritte in den Bauch innerlich lebensgefährlich verletzt, ist jedoch an einer Überdosis Heroin in Kombination mit Alkohol, gestorben. Wenn man so will ein vorgezogener Tod. Laut der Pathologin hätte sie die inneren Verletzungen nicht überlebt. Dadurch, dass das Kind in ihrem Bauch ebenfalls gestorben ist, handelt es sich um einen Doppelmord.«

Kathrin Hansen bemerkte, wie Maartens der in den Raum kommenden Kellnerin einen Wink gab und etwas bestellte. Sie ahnte, was kommen würde.

»Auf dem Handy der Toten haben wir unter den Kontaktdaten zwei Frauen ermitteln können, die von Köln aus Tanja Feldbusch nachgereist sind. Helene Sinter und Simone Kelter. Ihre Wohnadressen auf der Insel konnten wir bisher nicht ermitteln.«

Maike Jansen tippte auf einen Link.

»Am Tag darauf wurde nachmittags am Kite Strand in einem Strandkorb eine bewusstlose Frau gefunden. Sie hatte sich mit Alkohol und Drogen bis zur Bewusstlosigkeit vollgedröhnt. Es handelte sich um Helene Sinter.

Dr. Hinksen, der Notarzt, hat sie in die Notfall Klinik gebracht. Stunden später wachte die Frau auf. Laut der Stationsschwester hing sie am Tropf. Sie war instabil. Auf die Frage nach ihrem Namen hat sie geschwiegen.

Am Abend musste die Stationsschwester zu einem Notfall. Es hat gedauert, und als sie zurückkam, war Helene Sinter verschwunden. Vermutlich hat jemand sie aus der Klinik geholt. Ob sie freiwillig mitgegangen ist oder gezwungen wurde, wissen wir nicht. An dem Abend war es bereits dunkel, eine Suchaktion war nicht möglich. Doch …«

»Entschuldige, Maike«, unterbrach Maartens. »Bevor die nächsten Abscheulichkeiten auf den Tisch kommen, brauchen wir etwas für den Magen.« Er hob das Glas mit hochprozentigem Schlehdorn Brand und prostete ihnen zu. Kurz überlegte Maike Jansen, ob sie den noch verkraften konnte und kippte ihn hinunter.

»Wow, Bent, der hat es in sich, tut aber gut«, meinte sie grinsend.

»Doch nun weiter. Am folgenden Morgen fanden wir Helene Sinter in den Dünen. Ermordet.

Der Täter hat sie mit ihrem Schal erdrosselt und post Mortem ihr den Bauch aufgeschlitzt. Und«, Maike Jansen blickte mit feuchten Augen in die Runde.

»Helen Sinter war schwanger.«

Einen Moment blieb es ruhig, die Nachricht musste verkraftet werden. Heidkamp war es schließlich, der meinte, dass er in seiner langen Dienstzeit Vergleichbares nur selten erlebt hätte. Dass er es nie für möglich gehalten hätte, dass solche Verbrechen auf der Insel geschehen könnten. Mit gefurchter Stirn wandte er sich an die Hauptkommissarin.

»Haben wir Anhaltspunkte, die uns weiterhelfen?«

»Nein. Wir wissen immer noch nicht, wo die Frauen auf der Insel gewohnt haben.«

»Ich habe da eine Idee«, warf Maike Jansen ein. »Beide Frauen waren schwanger. Tanja Feldbusch in der fünften, Helene Sinter bereits in der achten Woche. Von der Mutter des ersten

Opfers wissen wir, dass ihre Tochter die Clique der Junkies verlassen hatte, dass sie nach Hause gekommen ist. Ich denke, Helene Sinter hatte das Gleiche vor. Nur waren beide vermutlich Prostituierte, heißt, sie mussten für irgendein Schwein Kohle anschaffen. Setzten sie sich ab, mussten sie untertauchen. Bei ihren Eltern waren sie nicht sicher.«

Maike Jansen öffnete auf dem iPad die Karte von Langeoog und tippte auf eine Stelle.

»Hier, im *Haus der Hilfe für Mutter und Kind*, könnten sie gestrandet sein. Die Einrichtung ist die Stiftung eines Hamburger Industriellen. Gefährdete Frauen, die in Umständen sind, können dort Zuflucht suchen.«

»Ich kenne das Haus«, äußerte sich Friedrichs. »Ein Kumpel von mir ist dort Hausmeister. Er schwärmt in den höchsten Tönen von den Leuten dort. Ausgebildete Psychologinnen kümmern sich um die Frauen, das Hauspersonal ist ausschließlich weiblich und soll sehr motiviert seinen Job machen.«

»Von dort ist es nur einen Katzensprung bis zum Kite Strand, wo Helene Sinter im Strandkorb gefunden wurde«, ergänzte Maike Jansen. Kathrin Hansen hob die Hand.

»Maike, bevor wir dort weitermachen, was für ein Stoff war in der Kühltasche, die am Tatort ausgebuddelt wurde?« Seit das Drogendepot gefunden wurde, stand Kathrin Hansen unter Hochspannung. Für sie ging es nicht mehr um ein paar Junkies, ein Gefühl sagte ihr, dass sich etwas zusammenbraute.

»Kathrin, guter Punkt. Haltet euch fest. Es handelt sich um reines Heroin mit einem Marktwert von etwa achtzigtausend Euro.«

»Na, dann Prost«, kommentierte Maartens trocken. Er hatte die Situation sofort erfasst. Besorgt blickte er in die Runde.

»Noch vor Tagen habe ich mit einem Bekannten vom LKA gesprochen. Sektion Drogen. Auf dem Gebiet tut sich einiges.

Es gibt einen Trend.

Leider kein guter.

Ein rumänisches Drogenkartell expandiert in Gegenden, die bis jetzt clean waren. Genauer gesagt in kleinere Urlaubsgebiete. Vorzugsweise auf Inseln. Dort werden Verteilerringe aufgebaut. Überschaubar, aber sehr lukrativ.«

»Na toll, dann stolpern wir hier ja demnächst über Junkies. Und Scheißspritzen gibt es am Strand kostenlos dazu«, äußerte sich Maike Jansen frustriert.

16. KAPITEL

Seit Maike Jansen die Vermutung geäußert hatte, dass die Frauen sich im *Haus der Hilfe für Mutter und Kind* aufgehalten haben könnten, brannte es Kathrin Hansen unter den Nägeln. Sie dachte an Simone Kelter, die letzte des Trios, die noch lebte.

Hoffentlich.

Mit Maike Jansen hatte sie die Besprechungsrunde im Fährmann frühzeitig verlassen und fuhren auf ihren Bikes über den Süderdünenring. Eigentlich wollte Kathrin Hansen die Leiterin des Hauses, eine Dr. Carola Stern, von ihrem Kommen informieren, doch Maike Jansen hatte abgeraten. Simone Kelter könnte es durch Zufall mitbekommen und sich davonmachen, befürchtete sie. Noch wussten sie nicht, was mit der Frau los war.

Am Haupteingang des Hauses wurden sie von einem Schrank von Mann aufgehalten.

Security.

Freundlich, aber bestimmt, teilte er ihnen mit, dass die Besuchszeit vorbei sei. Aber dafür könnten sie am anderen Tag bereits ab 10 Uhr ihre Lieben besuchen. Kathrin Hansen zeigte ihren Dienstausweis und sagte, sie müsste Dr. Stern sprechen. Sofort.

»Da muss ich nachhören, ob sie im Hause ist.« Frede Klus, so stellte er sich vor, bat sie im Foyer zu warten und ging zur Rezeption. Nach einem Telefonat kam er zurück und meinte, dass die Chefin in einer Besprechung wäre, käme aber in wenigen Minuten zu ihnen.

Maike Jansen nahm ihr Handy und richtete den Fokus der Kamera auf den Springbrunnen in der Halle. Dieses außergewöhnlich schöne Objekt war ihr sofort aufgefallen. Sie liebte außergewöhnliche Installationen. Schwarzes Marmorgestein umfasste das Wasserbecken, die Wasserfontäne sprudelte aus Kupferrohren, die sich nach oben hin vereinigten. Was Maike Jansen faszinierte war jedoch die Skulptur in der Mitte des Brunnens. Etwa zwei Meter hoch, aus schneeweißem Marmor, beherrschte David den Raum. David, das Meisterstück von Michelangelo. Anfang 16. Jahrhundert. Ihre kunstbegeisterten Eltern hatten sie als Kind in Florenz in ein Museum mitgenommen, dort hatte sie die Originalskulptur gesehen. Maike

Jansen konnte sich noch gut an die gewaltige Größe von 4,50 Meter erinnern.

Und dann fing Maike Jansen plötzlich an zu lachen. Sie zeigte auf die Skulptur.

»Kathrin, sieh dir den David an«, quetschte sie heraus, »fällt dir was auf?«

Nicht so ganz bei der Sache meinte Kathrin Hansen ja, die wäre sehr schön, blickte dabei jedoch auf die Uhr. Sie war nervös, ihr lief die Zeit davon.

»Mensch Kathrin, dem David fehlt sein bestes Stück. Muss einer abgeschnitten haben.«

In dem Moment bemerkte Kathrin Hansen, dass die Sicherheitstür, die zum Innern des Hauses führte, leise summend aufging.

»Wow, die scheint ja fit zu sein«, äußerte sich Maike Jansen, als eine Frau mittleren Alters forsch durch das Foyer auf sie zukam. Ihre Körpersprache strahlte Aktivität und Entschlossenheit aus. Ihr Händedruck war entsprechend.

»Dr. Carola Stern, nennen Sie mich Carola, das tun alle hier. Schön, dass ich Sie beide kennenlerne«, sagte sie mit überraschend tiefer Stimme.

»Aber Polizei, was kann ich für Sie tun?«

Auf Anhieb war die Frau Kathrin Hansen sympathisch. Sie war geradeheraus und schnörkellos. Nachdem Kathrin Hansen sich und Maike Jansen vorgestellt hatte fragte sie, ob eine Simone Kelter in der Einrichtung wohnen würde. Augenblicklich legte sich Anspannung über das Gesicht der Ärztin. Auf ihrer Stirn bildete sich eine steile Falte.

»Ihre Frage überrascht mich. Hat Simone etwas angestellt?«

Dem Meeresgott sei gedankt, wir sind hier richtig, schoss es Kathrin Hansen durch den Kopf.

»Carola, danke, dass Sie mir nicht mit Datenschutz oder Ärztliche Schweigepflicht kommen. Und nein, wir sind nicht hier, weil Simone Kelter sich etwas hat zuschulden kommen lassen. Es geht auch um Helene Sinter. Aber zuerst sagen Sie mir, ob Simone Kelter im Hause ist.«

Das Gesicht der Ärztin verlor an Farbe. Ohne Näheres wissen zu wollen zog sie ihr Handy aus der Tasche. Während des Gesprächs meinte sie, dass das gegen die Hausordnung wäre. Simone Kelter müsste sofort angerufen und mit ihr verbunden werden.

Verärgert wandte Carola Stern sich den beiden Frauen zu.

»Entgegen der Hausordnung ist Simone Kelter in den Ort gegangen.

Alleine.

Angeblich um in der Drogerie Hygieneartikel zu besorgen, dabei haben wir alles im Hause. Niemand darf alleine das Haus verlassen. Es besteht immer die Gefahr, dass Männer, vor denen die Frauen geflüchtet sind, sie verfolgen. Ich fasse es nicht.«

»Also ist sie nicht im Haus?«

»Nein. Ich hoffe, ich habe sie gleich an der Strippe. Aber sagen Sie mir, was mit Helene Sinter los ist.«

Kathrin Hansen überging die Frage, blickte die Ärztin forschend an.

»Haben Sie sie nicht vermisst?«

»Helene hat gestern Morgen gebeten, den Tag mit einer Freundin verbringen zu dürfen. Diese sei mit ihrer Mutter auf der Insel. Sie wären mit der Malgruppe der Mutter zusammen. Helene meinte, sie hätte früher sehr gerne gemalt und wollte sehen, ob sie sich dafür wieder begeistern könnte. So etwas kann als Therapie parallel zu einem Drogenentzug sehr wichtig sein. Also habe ich das genehmigt. In einem solchen Fall müssen Kontaktdaten angegeben werden, wo man sie erreichen kann. Ihr persönliches Handy reicht nicht, es könnte leer sein oder verloren gehen. Nun, Helene hat die Nummer ihrer

Freundin Tanja Feldbusch angegeben und die Nummer des Hotels.«

Tiefe Falten legten sich auf die Stirn von Carola Stern.

»Am Abend, nach zwanzig Uhr, rief mich die Leiterin der Gruppe an, der Helene zugeordnet ist. Helene war noch nicht zurückgekommen und hatte sich auch nicht gemeldet. Sie müssen wissen, um zwanzig Uhr ist bei uns Zapfenstreich, da hat jede Hausbewohnerin zurück zu sein. Sind sie das unentschuldigt nicht, können sie ihre Koffer packen. Jedenfalls habe ich versucht Helene zu erreichen, ihre Kontaktdaten angerufen, niemand ging ans Handy. Doch das Hotel Deichkrug hat mir bestätigt, dass die Malgruppe Gast in ihrem Haus ist. Und eine Lisbeth Feldbusch wäre Mitglied dieser Gruppe. Nun, ich war beruhigt und habe vermutet, dass die Frauen in einem Restaurant sitzen und die Zeit vergessen haben.«

»Sind alle Frauen, die Sie aufnehmen, schwanger?«, warf Maike Jansen ein.

»Das darf ich Ihnen nicht beantworten, hier bindet mich die ärztliche Schweigepflicht.« Carola Stern lächelte. »Aber denken Sie doch mal über den Namen unseres Hauses nach.«

Sie gab sich einen Ruck, setzte sich kerzengerade hin und blickte der Hauptkommissarin fest in die Augen.

»Aber jetzt sagen Sie mir endlich, was mit Helene ist.«

Kathrin Hansen überlegte, ob sie weiter nachhaken sollte, warum nach einem Tag, nachdem Helene Sinter nicht ins Haus zurückgekehrt ist, nichts weiter unternommen wurde. Mit Blick auf die entschlossene Miene der Ärztin wusste sie, dass sie das nicht weiterbringen würde. Die Frau vor ihr erwartete eine Antwort.

»Carola, wir haben Ihnen eine traurige Mitteilung zu machen. Helene Sinter ist tot. Heute, gegen Mittag, wurde sie in den Dünen gefunden. Sie wurde das Opfer eines Gewaltverbrechens.« Auf dem Handy öffnete Kathrin Hansen ein Foto, auf dem das Gesicht der Getöteten zu sehen war. »So haben wir sie gefunden.«

Fassungslos blickte Carola Stern auf das Gesicht, registrierte den Schal um den Hals, die aufgerissenen Augen. Im selben Moment begriff sie, was die Frage, ob Simone Kelter im Hause ist, zu bedeuten hatte. Panik machte sich in ihr breit. Sie zog das Handy aus der Tasche.

»Klara, was ist mit Simone Kelter, hast du sie erreichen können?

Nein?

Rufe sofort das Hotel Deichkrug an, ob sie dort ist. Bei einer Tanja Feldbusch oder bei deren Mutter. Vielleicht hängt sie an der Bar herum oder liegt betrunken oder mit Drogen betäubt in einem Zimmer. Das muss überprüft werden. Sofort. Und Klara, lass dich nicht abwimmeln. Ich erwarte deine Rückmeldung in den nächsten Minuten.«

Maike Jansen warf einen fragenden Blick zu ihrer Chefin hin, die zustimmend nickte.

Zaghaft umfasste Maike Jansen den Arm von Carola Stern, blickte sie an und meinte, dass Simone Kelter nicht bei Tanja Feldbusch sein könnte. Sie wäre ebenfalls das Opfer eines Gewaltverbrechens.«

Kathrin Hansen sah das Entsetzen in den Augen von Carola Stern, als ihr Handy sich meldete.

»Moin, Kathrin. Hannes Friese hier. Du hast uns doch Fotos von zwei Frauen geschickt. Sollten sie auf der Fähre sein, müssten wir uns melden. Nun, wir haben gerade in Bensersiel angelegt und als die Fährgäste von Bord gingen, hat Hein, einer meiner Männer, eine der Frauen erkannt. Die mit dem Tattoo einer Rose auf der linken Backe. Hein hat sie angesprochen, doch die hat ihn stehen lassen und ist verschwunden.«

Verdammt, dachte Kathrin Hansen, Simone Kelter ist uns entwischt. Gleichzeitig war sie erleichtert. Simone Kelter lebte noch.

»Hannes, auch wenn die Frau weg ist, ist das eine gute Nachricht. Sag deinem Kollegen, dass ich ihm was schuldig bin. Ich lade euch zu einem Bierchen im Fährmann ein. Also Hannes, bis dann.«

Carola Stern schien zu ahnen, worum es gegangen war und meinte, ob die Person auf der Fähre Simone Kelter gewesen ist. Als Kathrin Hansen das bestätigte, atmete die Ärztin auf.

»Na, wenigstens eine gute Nachricht. Wenn ich über das Verhalten von ihr auch total sauer bin.«

17. KAPITEL

Nach der Erkenntnis, dass Simone Kelter sich abgesetzt hatte, bat Kathrin Hansen sich ihr Zimmer ansehen zu dürfen. Dr. Carola Stern war professionell genug, um zu erkennen, dass eine Verweigerung wegen Privatsphäre, Datenschutz oder das oft übliche Getue, erst gar nicht aufkam. Sie hatte verstanden, dass ihre Mithilfe Simone Kelter das Leben retten könnte. Durch das helle, in freundlichen Farben gehaltene Foyer führte Carola Stern sie zu einem Aufzug, den sie mit einem Schlüssel bediente. Aus Sicherheitsgründen könnte dieser nur vom Personal benutzt werden, erklärte sie. Im dritten Stockwerk empfing sie eine gedämpfte, warme Atmosphäre. Ein dicker Veloursteppich belegte den Flur, die Zimmer waren mit sandfarbenen Tonschildern mit Motiven der Insel gekennzeichnet. Aus einem der Zimmer hörten sie leise Musik.

»Wow, das ist hier ja wie in einem Hotel«, äußerte sich Maike Jansen beeindruckt.

»So soll es auch sein«, meinte Carola Stern. »In der Regel kommen die um Hilfe suchenden Frauen aus sozialen Schichten, bei denen es Zuhause oft chaotisch zugeht. Hier sollen sie sich entspannen, sich von ihren Problemen ablenken können.

Aber hier sind wir schon.«

Im Zimmer *Süderdünen* herrschte eine behagliche Atmosphäre. Auf dem Tisch lagen Zeitschriften für Mutter und Kind, auf deren Titelseiten lachende Babys und Mütter, die vor Glück strahlten, zu sehen waren. Ein Magazin auf dem Nachttisch war ausgerichtet auf eine gesunde Ernährung während der Zeit der Schwangerschaft, darunter lag ein Werbeprospekt eines bekannten Herstellers von Babynahrung. Offensichtlich beschäftigte Simone Kelter sich intensiv mit ihrer Schwangerschaft und einer gesunden Ernährung. Sauber ausgespülte Flaschen von Fruchtgetränken standen auf der Anrichte, der Abfalleimer war entleert, die schmutzige Wäsche lag in einem verschlossenen Korb.

Kathrin Hansen ging zu dem Wandregal auf der Stirnseite. In einem offenen Fach standen mehrere medizinische Fachbücher, zwei

Liebesromane einer bekannten Bestseller Autorin und persönliche Dinge. Sie öffnete den Wandschrank, in dem Unterwäsche, T-Shirts, Shorts, Jeans und ein Pullover lagen. Exklusive Label Ware. Ordentlich gefaltet und eingeräumt. Mit Blick zu Maike Jansen hin bemerkte Kathrin Hansen, dass sie die Matratze des Bettes anhob und die Auflage abtastete. Neben ihr stand Carola Stern und hielt zwei Schachteln mit Tabletten in der Hand.

»Simone hatte offensichtlich psychische Probleme. Sie nahm Antidepressiva. Und das hier sind«, die Ärztin schwenkte die gelbe Packung, »Tabletten gegen Übelkeit in der Schwangerschaft.«

»Keine Drogen?«

»Nein, sie war nicht abhängig, das haben wir schon bei der Aufnahme festgestellt. Das sie depressiv war, hat sie uns allerdings verschwiegen. Nicht gerade klug. Wir hätten ihr helfen können.«

»Jedenfalls eine sehr ordentliche Frau«, bemerkte Kathrin Hansen. Sie wandte sich Maike Jansen zu.

»Maike, hast du ihre Kölner Adresse ermitteln können?«

»Nein. Vermutlich lebt sie in der Gegend, in der Tanja Feldbusch und Helene Sinter ihren

Wohnort hatten. Sie müssen sich schon länger gekannt haben, wobei ich mir bei Simone Kelter nicht so sicher bin. Sie ist nicht drogenabhängig, hat vermutlich nicht in einer Clique mit Junkies gelebt. Wir müssen herauskriegen, warum sie hier auf der Insel Zuflucht gesucht hat. Haben sich Drogenleute an sie herangemacht? Ist sie ein Opfer häuslicher Gewalt? Oder war es reiner Zufall, dass sie mit den beiden Frauen hier gelandet ist? Und, vor wem ist sie auf der Flucht?«

»Das hier lag im Bad«, sagte Carola Stern und reichte ein Brillenetui Kathrin Hansen. Sie klappte es auf und betrachtete den Werbesticker. »*Optik Augenglanz* Köln, Alter Zollhafen«, las sie vor. Sie atmete auf. Endlich hatten sie einen Hinweis. Sie reichte das Etui Maike Jansen.

»Maike, vielleicht kannst du heute Abend noch etwas erreichen, sonst direkt morgen früh. Es könnte der Durchbruch sein. Nochmals blickte Kathrin Hansen sich im Zimmer um und meinte, das wäre es. Sie möchte sich nun das Zimmer von Helene Sinter ansehen. Mit dem Generalschlüssel öffnete Carola Stern das Zimmer *Flinthörn* und blieb erschrocken stehen.

»Was ist denn hier passiert?«

Kathrin Hansen schaltete sofort und bat sie, dass Zimmer nicht zu betreten. Sie holte aus ihrer Umhängetasche Einwegüberschuhe, Einmalhandschuhe und reichte je ein Paar Maike Jansen.

»Was für ein Chaos«, äußerte sich Maike Jansen, als sie schmutzige Wäsche, eine leere Wodkaflasche und Medikamentenpackungen auf dem Boden liegen sah. »Hier also hat Helene Sinter sich mit dem Zeugs vollgedröhnt und danach es noch bis zum Kite Strand geschafft. Was für ein Elend.«

Kathrin Hansen bemerkte den fragenden Blick der Ärztin und klärte sie über die Fakten auf. Carola Stern blickte sie entsetzt an.

»Kathrin, verstehe ich das richtig? Helene wurde besinnungslos in einem Strandkorb gefunden, wurde in die Notfall Klinik gebracht und ist Stunden später von dort verschwunden. Tags darauf lag sie ermordet am Oststrand. Das ist ja ein Horrorszenarium.«

»Stimmt. Aber wir wussten nicht, wo sie auf der Insel gewohnt hat. Carola, in dem Zusammenhang überlege ich gerade, ob es nicht sinnvoll wäre, wenn die Frauen für die Dauer ihres Aufenthaltes beim Amt gemeldet würden. Temporär. Nach Abreise werden die Daten gelöscht. Geschieht irgendetwas mit ihnen in der Öffentlichkeit, wüssten wir, an wen wir uns zu wenden haben.«

»Tja, Kathrin, das ist schön und gut, nur die Frauen wollen anonym bleiben. Sie haben entsetzliche Angst, dass die Männer, vor denen sie geflüchtet sind, sie finden könnten.«

Leider berechtigt, fuhr es Kathrin Hansen durch den Kopf. Bei dem Gedanken, dass zwei junge, schwangere Frauen ermordet wurden, fühlte sie, wie Frust sich in ihr breit machte.

18. KAPITEL

Kriminalrat Heidkamp legte geräuschvoll einen Ausdruck auf den Tisch und meinte, er hätte keine guten Nachrichten. Er bemerkte die fragenden Blicke seiner Leute und klärte sie darüber auf, dass der Polizeipräsident ihnen eine Frist gesetzt hätte. »Er gibt uns drei Tage. Liegen dann keine Ergebnisse vor, setzt er eine Sonderkommission ein. Diesmal gäbe es keinen Kompromiss, betonte er. Anscheinend sitzt ihm die Staatsanwaltschaft mächtig im Nacken.« Heidkamp blickte zur Hauptkommissarin hin. »Trotz Nachrichtensperre haben die Medien Wind von den Mordfällen bekommen. Im Präsidium stehen sie vor dem Büro der Pressestelle Schlange.« Ärgerlich schlürfte Heidkamp so lautstark einen Schluck Tee, das Maike Jansen genervt die Augen verdrehte.

Für Kathrin Hansen war das mit der Presse nicht wirklich eine Überraschung. Sie dachte an den Heli, der am Oststrand gelandet war. So eine Aktion musste zwangsläufig Folgen nach sich ziehen. Verdammt, Voss vom *Insel Report* könnte den Medien das gesteckt haben. Sie nahm sich vor, ihn nach der Besprechung anzurufen. Angespannt wandte sie sich an Maike Jansen und fragte, ob sie bei dem Optiker in Köln Erfolg gehabt hätte. Maike Jansen blickte auf ihre Watch und meinte, in zehn Minuten würde sie dort nochmals anrufen.

»Bei meinem ersten Anruf war der Chef des Geschäftes noch nicht da und seine Mitarbeiterin wollte mir ohne seine Genehmigung nichts sagen.« Maike Jansen zuckte mit den Schultern. »Wegen der einen Stunde wollte ich dann auch keinen Terror machen.« Kaum hatte sie ausgesprochen, als ihr Handy brummte. Es meldete sich eine freundliche Männerstimme.

»*Optik Augenglanz*, Harald Weber. Was kann ich für die Polizei meiner Lieblingsinsel tun?« Maike Jansen drückte auf Lautsprecher und legte das Handy auf den Tisch.

»Moin. Maike Jansen von der Polizeidienststelle Langeoog. Danke, dass Sie zurückrufen.« Sie hielt es für förderlich, mit Small Talk zu beginnen.

»Lieblingsinsel sagten Sie, dass hören wir hier doch gerne. Sind Sie öfter auf der Insel?«

»Seit meiner Kindheit mache ich mindestens einmal im Jahr den Weststrand unsicher.« Ein glucksendes Lachen folgte. »Früher habe ich dort so richtig schön in der Matsche gespielt, heute machen das meine Kinder. Ich jogge dann an der Wasserlinie oft bis nach Ostende, meine Frau, eine begeisterte Leserin, mietet sich für drei Wochen einen Strandkorb. Herrlich. Aber um das zu hören, haben Sie nicht angerufen.«

»Nein, es geht um eine Fundsache, die wir einem Feriengast nachschicken müssen. Eine Simone Kelter hat in ihrem Hotelzimmer etwas liegen lassen. Dummerweise ist es so, dass in dem Haus der Server abgestürzt ist und die Daten weg sind. Aber wir haben ein Brillenetui mit ihrem Namen gefunden. Deshalb unsere Anfrage, ob Sie uns die Adresse der Frau geben können. Gerne senden wir Ihnen eine Mail mit unseren Kontaktdaten zum Überprüfen unserer Legitimation.«

»Nein, das brauchen Sie nicht. Ich glaube Ihnen auch so. Aber zu Simone Kelter. Diese junge Dame ist eine Stammkundin. Eine sehr nette Person. Sie wohnt quasi direkt bei mir um die Ecke im Alten Getreidespeicher. Also, früher war das ein Getreidespeicher, heute ist es ein exklusives Wohnhaus. Als Adresse geben Sie Rheinauhafen, Alter Getreidespeicher an, und Simone wird ihr Paket erhalten. Übrigens finde ich das ganz toll, dass die Polizei von Langeoog sich so um die Gäste bemüht. Aber darum liebe ich ja die Insel. Ach, da kommt ein Kunde, ich muss Schluss machen. Ihnen einen schönen Tag.«

»Na, das war ja mal eine gute Resonanz«, meinte Heidkamp. »Jetzt haben wir wenigstens etwas, wo wir einhaken können.« Er blickte seine Hauptkommissarin an. »Wie machen wir das, setzen wir die Kollegen aus Köln auf diese Simone Kelter an oder werden wir selbst aktiv?«

Kathrin Hansen hatte sich diese Frage auch gestellt. Eigentlich hatte sie überhaupt keinen Bock stundenlang im Auto nach Köln zu fahren, doch Kollegen in Köln um Mithilfe bitten, kam nicht infrage. Im schlimmsten Fall könnte ihr Ex damit beauftragt werden und sie hätte diesen Scheißkerl an der Backe kleben. Ihr Blick wanderte zu Maike Jansen hin. Mit ihr hatte sie schon des Öfteren in Köln ermittelt.

»Maike und ich machen das«, sagte sie. »Wir haben nur ein Problem. Woher wissen wir, ob Simone Kelter Zuhause ist.«

Maike Jansen hatte ihr Handy in der Hand und hob es kurz in die Höhe.

»Kathrin, ich habe die Nummer ihres Handys ermittelt. Es ist aktiviert. Demnach hält sich Simone Kelter im Rheinauhafen auf. Für den punktgenauen Bestimmungsort brauche ich noch einige Minuten.« Heidkamp, der gerade einen Schluck Tee trank, vergaß das Schlürfen, blickte sie mit großen Augen an und beschloss, nichts gehört zu haben. Kathrin Hansen, die schon länger mit den nicht immer so ganz gesetzestreuen Methoden ihrer Kollegin leben musste, nickte knapp.

»Gut, dann wäre das ja geklärt. Morgen früh nehmen wir die erste Fähre.«

19. KAPITEL

»Insel Report. Chefsekretariat. Was kann ich für Sie tun?«, piepste eine Mäuschenstimme. Kathrin Hansen glaubte es nicht. Chefsekretariat! Dabei gab es bei diesem Käseblatt nur zwei Beschäftigte. Und dass das Mäuschen im Display sah, wer dran war, war auch klar.

»Geben Sie mir Ihren Chef.«

»Da muss ich sehen, ob er momentan Zeit hat, und wen darf ich melden?«

Innerlich stöhnte Kathrin Hansen auf. Es hatte sich nichts geändert. Diese Frau ging ihr einfach auf die Nerven.

»Kindchen, Voss, sofort.«

Sekunden später hatte sie ihn an der Strippe.

»Frau Hauptkommissarin, wie schön, ihre Stimme mal wieder zu hören«, schleimte Voss. »Ich habe gehört, auf der Insel ist der Bär los. Zwei Doppelmorde an schwangeren Frauen innerhalb drei Tagen, damit stehen sie in

Deutschland auf der Hotspot Liste ganz oben.« Kathrin Hansen musste schlucken, so krass Voss es auch ausgedrückt hatte, im Kern stimmte es. Von außen betrachtet musste die Öffentlichkeit das so sehen. Was sie jedoch wütend machte war die Tatsache, dass mal wieder jemand den Mund nicht halten konnte. Nur ein Kollege, der in der Polizeiinspektion Wittmund an dem Fall dran war, konnte wissen, dass die beiden Frauen schwanger waren. Sie nahm sich vor, der Sache nachzugehen.

»Voss, es ist schon erstaunlich, dass Sie trotz Nachrichtensperre glauben, gut informiert zu sein. Wer hat Ihnen da etwas gesteckt?«

»Irgendwo habe ich so etwas aufgeschnappt. Mit bestem Gewissen kann ich Ihnen jedoch nicht sagen, wo und wann das war.«

Gewissen!

Kathrin Hansen schnaubte. Für eine gute Story würde der Mann seine Großmutter verkaufen. Ihr war aber klar, dass sie aus ihm nicht mehr herausquetschen würde.

»Okay. Wie Sie wollen. Ich werde der Sache nachgehen, und wenn ich erfahre, dass Sie Informationen an Kollegen der Medien weitergegeben haben, werde ich dafür sorgen, dass es bald einen anderen Verantwortlichen in der Redaktion des Insel Report geben wird. Wie

Ihnen bekannt ist, hat mein Chef einen sehr guten Draht zu dem Herausgeber. Voss, diesmal sind Sie zu weit gegangen. Bei einer Nachrichtensperre hört der Spaß auf.« Kathrin Hansen beendete das Gespräch und überlegte, ob sie in der Polizeiinspektion Wittmund nachhaken sollte, wer mit den beiden Mordfällen beschäftigt war. Ava Sari, die in den Raum kam, unterbrach ihre Überlegung.

»Kathrin, morgen früh steht in Bensersiel ein Dienstwagen für dich bereit. Wie üblich findest du den Schlüssel in unserem Schließfach.«

»Ava, danke. Drücke uns die Daumen, dass wir in Köln Erfolg haben. Wir haben drei Tage, sonst haben wir hier eine Soko auf der Insel. Eine Vorstellung, bei der es mir schlecht wird.«

20. KAPITEL

Irgendwie war der Tag in rasender Eile an ihr vorbeigezogen. Es mochte daran gelegen haben, dass sie den aufgestauten Schreibkram erledigt hatte. Mit Blick auf die Uhr überlegte Kathrin Hansen, ob sie für die Dienstfahrt nach Köln noch etwas vorbereiten musste, oder ob pünktlich Dienstschluss angesagt war. So langsam saß ihr auch die Einweihungsfeier im Nacken. Ihr Ferienapartment war zwar fertiggestellt, doch in der Praxis fehlte noch der letzte Schliff. Momentan war der Raumausstatter damit zugange, Jalousien vor den Fenstern an der Südseite zu montieren und danach stand die Grundreinigung an. Ursprünglich war geplant, dass sie das selbst machen wollte, doch die Ermittlungen in den beiden Mordfällen ließen ihr keinen Freiraum. Zum Glück hatte Hindrik auf wunderbarer

Weise eine Reinigungsfirma auftreiben können, die das erledigen würde.

Verdammt, schoss es Kathrin Hansen durch den Kopf, ich habe den Termin mit der Catering Firma verschwitzt. Sie scrollte in Kontakte und rief *Insel Catering Lütjes* an. »Wegen eines Darm-Magen-Virus ist unser Geschäft einige Tage geschlossen. Bitte hinterlassen Sie ihre Nachricht nach dem dritten Ton.« Fassungslos ließ Kathrin Hansen die Hiobsnachricht sacken. Tage geschlossen, die Firma konnte sie vergessen. Sie überlegte, ob sie die beiden Firmen, die es noch auf der Insel gab, anrufen sollte, verwarf jedoch den Gedanken. Schon bei den ersten Anfragen hatte sie Absagen kassiert.

»Moin«, gab Friedrichs von sich, als er ins Büro kam, ihr einen Kunststoffbeutel auf den Schreibtisch legte und sich ihr gegenüber hinsetzte. Sofort spürte er, dass etwas seine Chefin beschäftigte.

»Kathrin, was ist los?«

Mit gerunzelter Stirn blickte sie ihn an und nickte nachdenklich.

»Ich weiß auch nicht, im Moment nervt mich alles. Wir haben zwei Mordfälle an der Backe, haben keinen blassen Dunst wer der Killer sein könnte, und mit unserer Einweihungsfeier hakt es auch.« Sie berichtete von der Absage der Catering Firma und das sie nun so richtig auf dem Schlauch ständen. Friedrichs überlegte kurz, zog sein Handy aus der Tasche und meinte, er hätte da vielleicht eine Idee. Kathrin Hansen bekam mit, dass er einer seiner Kumpels an der Strippe hatte und machte große Augen, als Friedrichs am Schluss meinte, dass hörte sich doch gut an. Er würde es an seiner Chefin weitergeben.

»Das war Knut Fedder. Er ist einer der Krabbenfischer auf der Insel. Beim letzten Bierchen hat er mir erzählt, dass seine Frau vorhat ein Start Up Unternehmen zu gründen. Kathrin, du kennst das ja. Anfangs werden die Leute staatlich unterstützt und wenn alles gut läuft können sie sich eine Existenz aufbauen. Knut seine Frau ist gelernte Köchin und betreibt nun einen Catering Service. Ausschließlich ostfriesische Gerichte. Ohne dem üblichen Schnickschnack. Kürzlich waren Maike und ich bei Freunden eingeladen und Lisa Fedder hatte das Catering geliefert. Alles war super lecker. Vom Matjes Brötchen über Krabben Cocktail bis hin zum Seelachs mit Bratkartoffeln konnte man alles haben. Und wie ich eben hörte, sind kurzfristige Bestellungen noch möglich.«

Kathrin Hansen konnte nicht anders. Sie ging um den Schreibtisch herum und gab Friedrichs einen schallenden Kuss auf die Backe.

»Hallo, was ist denn hier los? Habe ich etwas verpasst?« Mit einem breiten Grinsen blickte Maike Jansen zu ihnen hin.

»Dein Olli hat mir gerade das Leben gerettet«, erwiderte Kathrin Hansen lachend. Kurz klärte sie Maike Jansen auf und meinte, dass sie es nun direkt gut fände, dass die ursprüngliche Catering Firma abgesagt hätte. Dadurch könnte sie jetzt das von Olli empfohlene Start Up Unternehmen unterstützen.

»Seht euch das an«, unterbrach Friedrichs sie. Er zeigte auf den Kunststoffbeutel, den er auf den Schreibtisch gelegt hatte. »Freiwillige einer Säuberungsaktion haben den Shit gefunden.«

»Ich habe befürchtet, dass da noch etwas nachkommt«, meinte Kathrin Hansen. »Wo lagen die Spritzen?«

»Am Oststrand, nicht weit von der Stelle, wo Helene Sinter gefunden wurde.«

»Wir müssten wissen, wie lange sie dort lagen.«

»Da haben wir Glück, derjenige, der sie gefunden hat ist Chemielehrer. Er hat sich die Kanülen genauer angesehen. Er meinte, sie könnten höchstens ein paar Tage im Sand gelegen haben, das Metall weise keine Anzeichen einer Korrosion auf.«

Nachdenklich nickte Kathrin Hansen. »Es spitzt sich immer mehr darauf zu, dass die Drogen Dealer zu dem Zeitpunkt aktiv wurden, an dem die Frauen auf die Insel gekommen sind. Allerdings eine sehr unsichere Prognose. Denken wir an das Rumänische Drogenkartell, dass Maartens erwähnte. Für deren Vorhaben, einen Drogenring auf der Insel aufzubauen, würde die gefundene Menge Heroin genau passen.«

»Trotzdem bin ich der Meinung, dass die Morde an den beiden Frauen von einem Mann begangen wurden, mit dem sie bekannt waren. Von ihrem Zuhälter, möglicherweise vom Vater der Kinder in ihrem Bauch«, resümierte Maike Jansen.

»Puh, Leute, dass wird mir jetzt alles zu viel. Wir warten ab, was wir morgen in Köln erreichen und sehen dann hoffentlich klarer. Für heute machen wir Schluss. Ach, Olli, doch noch etwas. Schicke den Beutel der KTU. Vielleicht ergeben sich Übereinstimmungen mit den bereits vorhandenen Beweisstücken.«

21. KAPITEL

Fast zur gleichen Zeit trudelten Kathrin Hansen und Maike Jansen am Bahnhof ein. Sie parkten ihre Bikes und stiegen in die Inselbahn. An diesem frühen Morgen waren die Fahrgäste überwiegend Inselbewohner, die zu ihren Arbeitsstätten auf dem Festland pilgerten. Kathrin Hansen beneidete sie nicht um ihren Tagesablauf. Fünfzehn Minuten später saßen sie bei herrlichem Sommerwetter auf dem Oberdeck der Fähre.

»Kathrin, ich sehe mal, ob der Kiosk schon offen hat. Kaffee und ein paar Würstchen?«, fragte Maike Jansen.

»Kaffee sehr gerne, Würstchen keine. Hindrik hat mich heute schon mit einem ausgiebigen Frühstück versorgt.« Bei dem Gedanken an Hindrik verspürte Kathrin Hansen Glücksgefühle. Am Abend hatte sie bewusst die üblichen Themen vermieden und stattdessen mit ihm über ihre Familienplanung geredet. Sie hatte ihm ihren Entschluss mitgeteilt, dass sie Kinder haben wollte. Jetzt. Es würde nicht mehr gewartet. Nun hätten sie Rahmenbedingungen geschaffen, die ihnen das ermöglichten. Nun, Hindrik war schon früher für Kinder gewesen, sie war es gewesen, die es immer wieder vor sich hingeschoben hatte. Doch jetzt war die Entscheidung gefallen. Und ja, anschließend hatten sie schon mal ordentlich daran gearbeitet. Noch ganz in Gedanken nahm sie Maike Jansen schmunzelnd einen Pott Kaffee ab.

»Kathrin, du scheinst ja an etwas Schönes zu denken«, meinte Maike Jansen.

»Stimmt. Hindrik und ich haben beschlossen, dass die Zeit für Familienzuwachs jetzt da ist. Länger warten geht ja auch eigentlich nicht mehr. Es soll doch so sein, dass wir mit unseren Kindern alt werden, und nicht die Kinder mit alten Eltern groß werden müssen.«

Impulsiv drückte Maike Jansen sie und meinte, das wäre doch richtig schön. Sie gäben bestimmt ganz tolle Eltern ab. Olli und sie würden sich in dieser Richtung auch schon Gedanken machen, Olli wäre sogar sofort dafür, doch sie wäre die Bremse. Beim Thema Familie bekäme sie bedrückende Erinnerungen. Ihre Eltern hätten es nicht fertiggebracht, eine liebevolle Familie zu führen. Schon früh musste es in deren Ehe so heftig geknallt haben, dass jeder seine eigenen Wege ging. Sie sollte das zwar nicht mitkriegen, doch sie war recht früh dahintergekommen. Nur wenn es um ihre Tochter ging, waren sich ihre Eltern einig gewesen. Jeder Wunsch wurde ihr erfüllt.

»Aber Kathrin, das war nicht das, was ich wollte, mir hat es jedes Mal weh getan, wenn einer von ihnen über Nacht, oder manchmal auch mehrere Tage, nicht nach Hause kam. Da beide Professoren sind, hieß es immer, sie wären auf einer Studienreise oder ähnliches.« Kathrin Hansen bemerkte, dass die Augen ihrer Kollegin feucht wurden. Sie rückte nahe an sie heran, umfasste ihre Schulter und drückte sie an sich.

»Und jetzt hast du Angst, dass deine Ehe ebenso scheitern könnte?« Stumm nickte Maike Jansen und wischte sich über das Gesicht.

»Ja, und ich weiß, Olli gegenüber ist es nicht fair.« Ein Lächeln legte sich auf ihr Gesicht. »Aber ich arbeite daran.«

22. KAPITEL

Es war kaum zu glauben, doch für die Fahrt von Bensersiel bis auf die Zoobrücke kurz vor Köln hatten sie unter vier Stunden gebraucht. Glücklicherweise hatten einige Baustellen, in denen sie bei ihren letzten Fahrten viel Zeit vergeudet hatten, der Vergangenheit angehört. Maike Jansen saß auf dem Beifahrersitz und hatte Google Maps auf dem Display des iPads.

»Kathrin, wo fangen wir an?«

»Hm, da wir diesmal in der Stadt übernachten, gehen wir es ruhig an. Was sagt das Handy von Simone Kelter?«

»Seit zwei Tagen bewegt die ihren Hintern nicht aus dem Haus. Sie ist aber da, das sehe ich an den laufenden Verbindungen.«

Was ist mit der Mutter von Helene Selter?«

»Die müsste ich anrufen. Wobei ich befürchte, dass sie uns die Tür nicht aufmacht. Bei unserem letzten Gespräch wollte sie über ihre Tochter nichts sagen und hat aufgelegt.«

»Jetzt haben wir eine andere Situation. Heidkamp hat mir gesagt, dass Kollegen aus Köln der Frau die Nachricht von dem Tod ihrer Tochter überbracht haben. Sie muss einen sehr gefassten Eindruck gemacht haben, wollte jedoch ihre Tochter nochmals sehen. Nach der Überführung des Leichnams nach Köln wird das geschehen. Maike, ich bin dafür, dass wir die Frau aufsuchen. Unangemeldet. Jetzt.«

Dreißig Minuten später parkten sie im Stadtteil Ossendorf vor einem Zweifamilienhaus. Maike Jansen, die ein Semester Architektur studiert hatte, schätze es aus den sechziger Jahren. Die Hausfassade war mit hellgrauen Wandfliesen belegt, eine braun verfärbte Buchsbaumhecke umfasste den handtuchgroßen Vorgarten. Sie hätte nicht darin wohnen wollen. Es wirkte zu bieder, zu abgestanden. Kathrin Hansen stand vor der Haustür und betrachtete die beiden Namensschilder. Mathilda Sinter wohnte im Erdgeschoss, ihre Tochter in der oberen Etage.

»Maike, wenn ich klingele, beobachte du, ob sich was an den Fenstern bewegt.« Zweimal drückte Kathrin Hansen auf den Knopf, die Haustür blieb zu. Sie blickte Maike Jansen an.

»Und?«

»Nichts.«

»Okay, ich läute jetzt Sturm.«

Endlos lange drückte Kathrin Hansen auf den Klingelknopf. Nichts tat sich. Schon wollte sie aufgeben, als Maike Jansen sagte, dass die Gardine sich bewegt hätte. Genervt probierte Kathrin Hansen es nochmal. Mit einem Surren ging die Tür auf.

Im Flur führte rechts eine Treppe nach oben, geradeaus stand eine Wohnungstür einen Spalt offen. Eine Sicherungskette war vorgelegt und zusammengekniffene Augen musterten sie misstrauisch. Kathrin Hansen zog ihren Ausweis aus der Tasche, hielt ihn der Frau vor das Gesicht und stellte sich und Maike vor.

»Geht es um meine Tochter? Da gibt es nichts mehr zu sagen, gehen Sie.« Geräuschvoll wurde die Tür zugedrückt. Verdattert blickte Kathrin Hansen zu Maike Jansen hin. So langsam wurde sie sauer. Ein solches Verhalten ging ihr mächtig gegen den Strich. Fest klopfte sie gegen die Tür und sagte laut, sie müssten sich die Wohnung der Tochter ansehen. Schließlich ginge es darum, ihren Mörder zu finden. Sie könnten aber auch mit einem Durchsuchungsbeschluss und mit dem gesamten Team wiederkommen. Einen Moment tat sich nichts, dann öffnete sich die Tür und Mathilda Sinter streckte ihnen einen Schlüssel entgegen.

»Dafür brauchen Sie mich nicht, gehen Sie die Treppe hoch.«

Schon, als sie die Wohnungstür öffneten, schlug ihnen ein unangenehmer Geruch entgegen. Abgestanden, penetrant nach Nikotin und nach etwas riechend, dass sie als Hasch einordneten. Übervolle Aschenbecher standen im Wohnraum auf dem Tisch und auf der Fensterbank. In der Küche stapelte sich ungewaschenes Geschirr, unsaubere Kartons von Fast Food steckten im Abfalleimer, unter der Spüle hatte Helene Sinter ihre leeren Wodkaflaschen gesammelt.

»Ich könnte kotzen«, äußerte sich Maike Jansen angewidert.

»Sehen wir uns das Schlafzimmer an«, meinte Kathrin Hansen und ahnte, dass es nicht besser würde.

»Kathrin, das ist irre, hier hat Helene Sinter wohl ihr Geld verdient.« Maike Jansen starrte auf das breite, schwarz bezogene Kastenbett, auf den bodentiefen Spiegel an der Wand gegenüber. Rundum teilten sich die Wände in schwarzweißen Flächen auf. Auf den weißen Flächen waren mit knallroter Farbe Zeichen aus der Dämonenwelt aufgemalt. Was Maike Jansen jedoch so richtig an die Nieren ging, waren die Lederriemen an den eisernen Bettpfosten und das auf dem Beistelltisch liegende Halsband aus schwarzem Lackleder. Beim näheren Betrachten bemerkte sie den speziellen Verschluss, durch den die Weite stufenlos verstellt werden konnte. Schlagartig kam ihr eine Szene aus einem Horrorfilm in den Sinn, in der eine Frau ihren Liebhaber mit einem solchen Band so lange gewürgt hatte, bis der in Ekstase fast hops gegangen wäre.

»Wahnsinn, Kathrin, das ist verrückt. Die Frau war eine professionelle Domina. Und das in ihrem Alter.«

»Und ihre Mutter hat das alles mitbekommen. Jetzt verstehe ich auch die Ablehnung über ihre Tochter reden zu wollen.«

Im verhältnismäßig großen Bad wurden sie von der dort herrschenden Ordnung und Sauberkeit überrascht. Geordnet standen auf der Ablage Kosmetikartikel, ordentlich gestapelte Handtücher, Hygieneartikel und Schwangerschaftstests. Kathrin Hansen hatte den Eindruck, dass dieser Raum die wirkliche Helene Sinter widerspiegelte.

Am Schluss durchsuchten sie Schränke und Schubladen, fanden jedoch weder einen Hinweis auf Tanja Feldbusch, Simone Kelter oder auf sonst jemanden. Kathrin Hansen war enttäuscht. Sie hatte gehofft, etwas über die Clique der Junkies und diesen Manni zu finden. Sollte es Fotos geben, musste Helene Sinter die auf ihrem Handy haben. Doch das wurde nicht gefunden.

Nachdem sie die Wohnung verlassen hatten, klopfte Kathrin Hansen an die Wohnungstür der Mutter. Mehrmals. Nichts regte sich, die Tür blieb zu.

»Okay, dann eben nicht«, meinte Kathrin Hansen. »Legen wir den Schlüssel in den Briefkasten.«

23. KAPITEL

Auf dem Weg in die Kölner Innenstadt spürte Kathrin Hansen, dass etwas ihre junge Kollegin beschäftigte. Sie musste sie aus dem Loch herausholen. Leicht stupste sie Maike Jansen in die Seite und meinte, woran sie denke.

»Dieses Haus, Kathrin, läuft mir nach. Was muss alles geschehen sein, bevor eine junge Frau direkt über den Köpfen ihrer Eltern eine solch krasse Nummer durchzieht. Dort müssen doch die Fetzen geflogen sein. Und doch ist Helene Sinter in dem Haus wohnen geblieben, was wiederum nicht ohne die Einwilligung der Eltern geschehen konnte. Ich habe das Gefühl, da steckt verdammt viel Deprimierendes dahinter.«

»Du glaubst, dass die Eltern mit dem Mord an ihr zu tun haben könnten?«

»Nein, ich glaube, dass sie schuld daran sind, dass ihre Tochter soweit abgedriftet ist.«

»Das denke ich auch und bin mit ihrer Mutter noch nicht fertig. Sollten wir über Simone Kelter nicht weiterkommen, werden wir am Abend nochmals dort hinfahren. Doch ich wäre nicht traurig, wenn wir uns das ersparen können.«

In einem mäßigen Tempo fuhren sie über die Nord-Süd-Fahrt in Richtung Rheinufer Straße. Dichtes Verkehrsaufkommen und eine nicht funktionierende grüne Welle zwang sie vor jeder Ampel zu halten. Früher schon hatte das Kathrin Hansen während ihrer Tätigkeit bei der Kölner Kripo genervt. In dem Moment freute sie sich schon wieder auf die Insel, wo sie mit ihrem Bike ungehindert fahren konnte, ohne Abgase, dafür frische Seeluft ohne Ende.

»Weißt du, wo man im Rheinauhafen parken kann?«, unterbrach Maike Jansen sie in ihren Gedanken.

»Schon, doch ich parke in der Tiefgarage des Hotels, in dem wir übernachten. Sie ist nicht weit entfernt. Was sagt das Handy von Simone Kelter?«

»Bewegt sich nicht. Also müsste sie Zuhause sein.«

»Scheiße, was macht der denn«, fluchte Kathrin Hansen und machte eine Vollbremsung. Trotz Rot hatte von rechts ein Radfahrer sie geschnitten, fuhr einen Schlenker um sie herum, hob den Mittelfinger und raste grinsend weiter.

»Verdammt, das war knapp, dieser Idiot hat sie doch nicht mehr alle«, knurrte Kathrin Hansen.

»So langsam weiß ich, was ich an unserer Insel liebe«, und das nicht nur wegen den leckeren Matjesbrötchen«, kommentierte Maike Jansen. Wenige Minuten später fuhren sie in das Parkhaus eines Hotels in der Altstadt und Kathrin Hansen meinte, sie sollten die Trolleys im Auto lassen.

»Hören wir erst einmal, was Simone Kelter uns zu sagen hat, danach planen wir den Abend.«

Der Ausgang der Tiefgarage führte direkt auf den Alter Markt. Gleißendes Sonnenlicht lag über dem historischen Platz. Fasziniert betrachtete Maike Jansen die farbenfrohe Kulisse der Altstadthäuser. Giebel an Giebel, Maike Jansen schätzte sie oft nicht breiter als gerade mal fünf Meter, standen aneinander, als müssten sie sich gegenseitig stützen. Davor überdachten bunte rechteckige Sonnenschirme die Außenterrassen.

»Wow, Kathrin, das sieht echt schön aus. Aber ist dir schon aufgefallen, dass in fast jedem Haus eine Kneipe ist. Was muss hier am Abend los sein.«

»Stimmt. Abends herrscht hier eine tolle Stimmung. Es gibt vom Fass gezapfte Biere, zünftiges kölsches Essen und in manchen Kneipen Live Musik. Hier triffst du Besucher aus aller Welt. Eine multikulti Szene. Aber ich kenne auch die Schattenseiten. Während meiner Dienstzeit hatten Kollegen und ich fast täglich Einsätze in diesem Quartier. Die wirkliche Altstadt erstreckt sich weiter nach hinten raus. Enge, dunkle Gassen, vermockte Häuser, du denkst, du bist plötzlich in einer anderen Welt. Da gibt es Hauseingänge, da bist du zu fies auch nur einen Klingelknopf zu berühren. Frage nicht, wie es im Inneren aussieht.«

»Kenne ich von Hamburg her. Auch dort gibt es solche Ecken. Ein generelles Problem in Großstädten.«

24. KAPITEL

Es war dann doch kurz vor achtzehn Uhr, als sie vor einer Kulisse standen, die sie in den Anfang des 20. Jahrhunderts hineinversetzte. Mehrere spitze Hausgiebel reihten sich aneinander. Maike Jansen hatte den Rheinauhafen gegoogelt und wusste, dass der Baukomplex, vor dem sie standen, etwa einhundertachtzig Meter lang war. Früher lagerten in den Speicherhäusern die nationalen Notreserven. Später, um die Jahrtausendwende, wurden die Spitzhäuser umgebaut und saniert. Nur die Fassade blieb in ihrer Struktur erhalten. Danach siedelten sich Firmen an, und weit über einhundert exklusive Wohnungen entstanden. Heißbegehrt, sind sie weggegangen wie warme Semmel.

»Kathrin, zugegeben, hier zu leben, direkt am Rhein, mit den rundum modern angelegten Außenflächen und dem angrenzenden Yachthafen hat schon etwas«, meinte Maike Jansen. »Und doch möchte ich hier nicht wohnen, mir würde das Gefühl der Freiheit fehlen, das ich auf der Insel verspüre.« Sie blickte auf ihr Handy und blieb vor dem vorletzten Gebäude stehen. »Kathrin, wir sind da. Wie willst du uns anmelden?«

»Darüber habe ich mir auch schon Gedanken gemacht. Wir wissen nicht, was wirklich mit Simone Kelter los ist. Im schlimmsten Fall hängt sie mit den Drogen Dealern zusammen, was ich allerdings nicht glaube. Oder sie kennt den Mörder der beiden Opfern, dann könnte sie Angst kriegen und verschwinden. Nur eines steht fest, sie darf uns nicht entwichen. Sie ist unsere einzige Spur.«

»Stimmt, von daher ist ein kleiner Trick erlaubt«, meinte Maike Jansen. Sie zeigte auf die Video Kamera, die über der Eingangstür angebracht war.

»Nur ich trete in Erscheinung.

Anfangs.

Ich werde ihr sagen, ich hätte etwas von Frau Dr. Stein aus dem Heim auszurichten. Klingt zwar mager, könnte jedoch klappen. Du musst nur aus dem Blickfeld der Kamera bleiben.« Maike Jansen stellte sich so, dass sie von der Kamera frontal erfasst wurde und drückte auf die Taste mit dem Namen Kelter.

Es dauerte einen Weile, in dem sie sich sicher war, dass sie beobachtet wurde. Gelangweilt blickte sie sich die anderen Namensschilder an, schellte nochmals und tat so als wenn sie unschlüssig wäre, ob sie wieder gehen sollte.

»Zu wem wollen Sie?«

»Oh, da ist ja doch jemand.« Maike Jansen setzte ein Lächeln auf, sagte ihren Namen und das sie von Langeoog käme. Eine Frau Dr. Stein hätte sie gebeten, einer Simone Kelter etwas auszurichten.

»Allerdings nur persönlich.«

Einen Moment tat sich nichts, dann hatte die Frau sich entschieden.

»Drücken Sie im Aufzug auf Penthouse.«

Kathrin Hansen drückte sich hinter der Kamera durch die Tür. Schnell checkte sie das Foyer, sah keine weiteren Kameras und atmete durch.

Auf dem Foto war Simone Kelter eine schwarzhaarige, junge hübsche Frau mit großen eindrucksvollen Augen. Die Person, die ihnen die Wohnungstür aufmachte, sah mitgenommen aus. Mit Schatten um den Augen blickte sie Kathrin Hansen misstrauisch an.

»Sie habe ich eben nicht gesehen. Was soll das?«

»Ich bin Kathrin Hansen, eine Kollegin. Nennen Sie mich Kathrin. Wir müssen mit Ihnen reden.«

»Kollegin. Sie sind was genau?«

»Polizeidienststelle Langeoog. Wir ermitteln in zwei Gewaltverbrechen und sind froh, dass wir Sie hier antreffen.« Kathrin Hansen bemerkte, dass Simone Kelter sich an ihren schwangeren Bauch fasste und meinte, sie sollten sich doch setzen.«

»Gut, kommen Sie herein.«

Sie wurden in den Wohnraum geführt und setzten sich auf eine Couch mit Blick zum Rhein hin.

»Schön haben Sie es hier«, äußerte sich Kathrin Hansen. »Wohnen Sie hier alleine?«

»Ja. Meine Eltern wohnen im Hahnwald, sind im Sommer jedoch auf Sylt.«

»Wissen die von Ihrer Schwangerschaft?«

Simone Kelter schüttelte den Kopf.

»Einmal nur habe ich einen Fehler gemacht, bin mit den verkehrten Leuten ausgegangen und mein Leben ist versaut«, flüsterte sie.

Kathrin Hansen ließ ihr Zeit. Sie berichtete von ihrem Besuch in dem Heim und das sie von Frau Dr. Stein ausrichten sollen, dass sie zurückkommen könnte. Ihr Zimmer wäre noch frei. Ruckartig setzte Simone Keller sich auf, wischte mit den Händen über das Gesicht und blickte Kathrin Hansen mit großen Augen an.

»Carola hat das wirklich gesagt, obwohl ich einfach abgehauen bin?«

»Ja. Simone, wir wissen, warum Sie geflüchtet sind, Sie hatten Angst, man würde sie töten. So, wie Tanja Feldbusch und Helene Sinter. Stimmts?«

Stumm nickte die werdende Mutter und fasste sich an den Bauch. Intensiv blickte sie die beiden Frauen an.

»Die Angst habe ich immer noch. Sie können sich nicht vorstellen, welche Leute hinter mir her sind.«

»Sagen Sie es uns.«

25. KAPITEL

Nachdem sie Simone Kelter mit dem Versprechen verlassen hatten, sie am Morgen abzuholen und mit nach Langeoog zu nehmen, bezogen sie ihre Zimmer im Hotel. Für danach hatte Kathrin Hansen ursprünglich geplant, Maike Jansen die Kölner Altstadt bei Nacht zu zeigen, doch die Aussage von Simone Kelter hatte ihnen die Laune verdorben. Was sie jetzt brauchten war ein Bier, etwas Deftiges zu Essen und einen Plan, wie es weitergehen sollte. Kathrin Hansen entschied sich für ein Brauhaus in der Nähe des Hotels.

Wenig später knallte ein Köbes ihnen zwei Kölsch auf die Tischplatte und meinte, ob er die Damen mit sonst noch etwas verwöhnen könnte.

»Maike, was hältst du von einer Haxe, dazu Bratkartoffeln und Rotkohl?«, schlug Kathrin Hansen vor. Maike Jansen blickend fragend zum Köbes hin.

»Ist die Haxe mager?«

»Mädchen, das Ferkel ist eben noch durch die Küche gelaufen, es war so etwas von mager«, feixte der Köbes und kritzelte die Bestellung auf einen Papierblock. Oft schon hatte sich Maike Jansen über die Originalität eines kölschen Köbes amüsiert, an dem Abend fiel ihr das schwer.

»Maike, Prost, sagte Kathrin Hansen und stieß mit ihr an. Forschend blickte sie ihre Kollegin an. »Machst du dir Sorgen um Simone Kelter?«

»Auch. Sie weiß zu viel. Man wird versuchen, sie umzubringen. Wie können wir sie auf der Insel schützen? Trotz der Security in dem Heim habe ich ein mulmiges Gefühl. Und dann diese rumänische Drogenbande. Das ist doch irre. Wie können wir unsere Feriengäste vor denen schützen? Kathrin, ich habe ein ganz mieses Gefühl.« Beruhigend legte Kathrin Hansen ihre Hand auf den Arm von Maike Jansen.

»Maike, um Simone aus der Schusslinie zu nehmen, habe ich eine Idee. Du kannst dich doch an Eva Mühlberg, die Galeristin, erinnern?«

»Klar, eine tolle Frau, sie war in dem letzten Fall dramatisch verwickelt.«

»Genau. Wie du weißt, wohnt sie sehr abgelegen. Ich werde sie bitten, Simone bei sich aufzunehmen. So lange, bis wir den Typ gefasst haben, der hinter ihr her ist. Wie du mit Recht befürchtest, würde Simone im Heim nicht wirklich sicher sein, könnte sogar Mitbewohner in Gefahr bringen. Tatsächlich hatte ich auch schon überlegt, sie bei mir in dem Ferienapartment unterzubringen, doch da ist sie zu nahe an mir dran. Sie könnte entdeckt werden.«

In dem Moment knallte der Köbes zwei weitere Kölsch auf den Tisch, meinte, dass Ferkel käme gleich und steuerte schwungvoll auf die nächsten Gäste zu. Verblüfft starrte Maike Jansen ihm hinterher und meinte, ein bisschen verrückt wäre der Typ ja schon. Schmunzelnd winkte Kathrin Hansen ab, prostete ihr zu und sagte, dass sie froh wäre, dass ihre Fahrt nach Köln sich gelohnt hätte.

Dann hätte sie sich fast verschluckt. Ihr Blick war auf ein Paar gefallen, das gerade in die Gaststätte gekommen war.

»Scheiße, mit dem hätte ich hier nicht gerechnet«, sagte sie geschockt. Maike Jansen folgte ihrem Blick und musterte einen Mann in dem Alter ihrer Chefin, der seinen Arm um eine Frau gelegt hatte, die seine Tochter hätte sein können. Nur wirkte das Paar nicht gerade wie Vater und Tochter. Trotz der sommerlichen Temperatur hätte die Bluse der Frau nicht unbedingt so tief ausgeschnitten sein müssen, dass so gerade noch die Nippel verdeckt wurden. Und die Bermuda Shorts musste sie schon als Teenager getragen haben. Auf High Heels eierte sie an der Seite ihres Begleiters zu einem Tisch, der gerade frei wurde. Maike Jansen warf einen Blick zu Kathrin Hansen hin, bemerkte die Verachtung in ihrem Gesicht und ahnte, wen sie vor sich hatten.

»Kathrin, dein Ex?« Stumm nickte Kathrin Hansen, griff zum Kölsch, trank es leer und bestellte beim Köbes, der wie hingezaubert neben ihr auftauchte, zwei weitere Kölsch und zwei Klare. »Doppelte«, knurrte sie und setzte sich so, dass sie von dem Paar nicht gesehen werden konnte. Sie wandte sich Maike Jansen zu.

»Maike, du hast es erfasst, dieses Arschloch da war einmal mein Ehemann. Und so wie es aussieht, hat er immer noch nichts dazu gelernt. Aber lassen wir das Thema.

Geradezu passend wurden ihnen die Haxen serviert. Maike Jansen schnupperte daran und verdrehte verzückt die Augen.

26. KAPITEL

Wie verabredet, standen sie um sieben Uhr vor den Speicherhäusern im Alten Zollhafen. Maike Jansen stieg aus dem Wagen, klingelte bei Kelter und hörte auch schon den Türdrücker. Sie wartete vor dem Aufzug, nahm Simone Kelter den Trolley ab und kurz darauf fuhren sie über die Rhein-Ufer-Straße in Richtung Zoobrücke. Schon beim Begrüßen war Maike Jansen aufgefallen, dass Simone bedeutend besser aussah, als am Tag zuvor.

»Simone, alles gut bei dir?«, sagte Kathrin Hansen und blickte in den Rückspiegel.

»Ja, und tausend Dank, dass ihr mich mitnehmt. Das gibt mir neuen Mut.« Sie kramte in ihrer Umhängetasche und hatte einen Ausdruck in der Hand.

»Gestern Abend hatte ich endlich den Mut meinen Eltern mitzuteilen, dass sie bald Großeltern werden. Sie haben sich wahnsinnig gefreut. Wir haben lange über alles gesprochen.

Nun, alles habe ich ihnen natürlich nicht gesagt, ich wollte sie nicht beunruhigen. Und klar, als sie erfuhren, dass der Vater des Kindes nicht mein Ehemann werden würde, waren sie schockiert, haben es schließlich jedoch geschluckt. Ich habe ihnen erzählt, dass ich auf Langeoog war und heute wieder dorthin fahre, habe ihnen von der Insel vorgeschwärmt, von der Ruhe dort und dass sie ein Paradies für Kinder ist. Daraufhin haben meine Eltern mir, und wörtlich, ihrem Enkelkind, spontan ein Geschenk gemacht.«

Simone wedelte mit dem Ausdruck. »Ich kann mir auf Langeoog eine Immobilie suchen, die zum Verkauf steht. Ist das nicht toll? Sofort habe ich gegoogelt und tatsächlich ein Angebot gefunden, das mir gefällt.« Sie reichte Maike Jansen den Ausdruck. »Wenn du laut vorliest, bekommt Kathrin es mit.«

»Wow, Neubau in der Gartenstraße. Fertigstellung Ende Juli. Anderthalb geschossig mit großem, umliegenden Grundstück.«

»Ich kenne das Haus«, sagte Kathrin Hansen. »An dem bin ich oft vorbeigefahren, ich habe gesehen, wie es gebaut wurde. Ostfriesischer Baustil, grundsolide mit einem modernen Tatsch. Und die Lage in der Gartenstraße kann nicht besser sein. In drei Minuten ist man in der

Barkhausenstraße und der Bahnhof ist quasi um die Ecke.« Sie blickte in den Rückspiegel und freute sich, Simone Kelter einmal lächeln zu sehen.

»Simone, ich kenne Hannes Jobs, den Makler. Ich würde dir empfehlen eine Option auf den Kauf zu vereinbaren. Solche Objekte sind heißbegehrt.«

»Kathrin, wenn wir am Nachmittag auf der Insel sind, können wir uns das Haus dann mal ansehen?«

Kathrin Hansen überlegte, ob das klug sei, schließlich sollte Simone auf Langeoog nicht gesehen werden. Jeder Zufall musste vermieden werden. Auf der anderen Seite konnte es Tage dauern, an denen sie das Haus nicht verlassen durfte. Etwas Motivation wäre von daher nicht verkehrt.

»Gut, wenn du willst, können wir den Makler anrufen. Vielleicht kann das am Nachmittag ja klappen. Und wir müssen noch über deine Unterbringung reden, da hat sich etwas geändert.« Im Rückspiegel bemerkte sie, dass Simone plötzlich verängstigt wirkte. Sie beruhigte sie und informierte sie über die Absicht, sie im Haus einer Freundin unterzubringen. Erleichtert war Simone sofort einverstanden. Sie wäre sogar froh, nicht ins

Heim zu müssen, meinte sie. Obwohl sie die Arbeit von Frau Dr. Stein und ihren Mitarbeiterinnen sehr schätze und bewundere, hätte sie sich dort nicht wohlgefühlt. Vielleicht hätte es ja daran gelegen, dass sie nicht wie die meisten Bewohnerinnen psychische Probleme hätte oder aus zerrütteten Verhältnissen käme.

»Super, Simone. Eva Mühlberg wird dir gefallen und sie freut sich auf dich. Und jetzt rufen wir den Makler an. Wie Kathrin Hansen es geahnt hatte, gab es für die Immobilie in der Gartenstraße bereits Interessenten. Ein Ehepaar aus Hamburg hatte großes Interesse, musste aber noch die Finanzierung über ihre Bank abklären. Bis zum Ende der Woche wollten sie sich endgültig entscheiden. Da Kathrin Hansen das Gespräch über die Freisprechanlage führte, hörte Simone mit. Sie klinkte sie sich ein.

»Moin, Herr Jobs. Mein Name ist Simone Kelter aus Köln. Ich habe ein Rieseninteresse an dem Haus. Bitte halten Sie es mir bis zum Nachmittag frei. Wir sind jetzt auf der Rückfahrt nach Langeoog. Wenn Sie mir vorab eine Zeichnung schicken könnten, wäre das super. Während der Fahrt könnte ich mir diese schon mal ansehen. Und was der Kaufpreis betrifft, der ist okay. Gefällt mir das Haus, werde ich Ihnen noch heute eine Anzahlung überweisen lassen.«

Sichtlich überrascht meinte der Makler nach kurzem Zögern, sie könnten das so machen. Er ließ sich ihre Handynummer und Mailadresse geben und sagte, dass er ab sechzehn Uhr in seinem Büro wäre.

»Eine Frage hätte ich noch«, meinte er abschließend. »Haben Sie etwas mit der Maschinenfabrik Heinrich Kelter AG zu tun?«

»Ja. Heinrich Kelter ist mein Vater.«

27. KAPITEL

Tatsächlich hatten sie es trotz Stau geschafft, mittags die Fähre in Bensersiel zu erreichen. Bei strahlendem Sonnenschein setzten sie sich auf das Oberdeck der *Langeoog IV*. Simone Kelter hatte beim Kiosk für alle Kaffee und Bockwürstchen besorgt. Seit dem Kontakt mit dem Makler blühte sie auf wie eine Knospe, die sehnsüchtig auf die Frühlingssonne gewartet hatte. Behutsam machte Kathrin Hansen ihr klar, dass sie erst einmal untertauchen müsste. Es war damit zu rechnen, dass der Mörder der Frauen sich noch auf der Insel aufhalten würde. Simone Kelter versprach, ohne ihre Zustimmung nichts zu unternehmen. Während der Überfahrt überdachte Kathrin Hansen ihre Aussage. Demnach war sie durch einen Zufall mit den Leuten der Clique in Berührung gekommen. Beim Shoppen in der Innenstadt hatte sie Tanja Feldbusch getroffen. Eine ehemalige Schulfreundin. Seit einer Ewigkeit hatten sie sich nicht gesehen, beide waren schwanger. Ein Grund, den Tag gemeinsam zu verbringen. Sie landeten in der Wohnung von Simone Kelter, es gab Kaffee, Kuchen und endloses Getratsche. Im Laufe des Tages fiel Simone Kelter auf, dass ihre Freundin zappeliger, fahriger wurde und fragte, was los sei. Tanja Feldbusch gab zu, drogenabhängig zu sein. Wäre jedoch auf Entzug. Schon wegen des Kindes. Am Abend musste sie dann weg. Sie hatte einen Job in einer Bar, machte jedoch einen bedrückten Eindruck. Simone Kelter spürte, dass etwas nicht stimmte. Sie sagte, sie käme mit. Tanja Feldbusch wollte das nicht. Simone Kelter bestand darauf.

Ein schwerer Fehler.

Irgendein Schwein musste etwas in ihren alkoholfreien Drink getan haben. Ihr wurde schlecht, sie verlor das Bewusstsein. Später wachte sie in einem Hotelzimmer auf. Neben ihr auf dem Bett saß Tanja Feldbusch. Völlig aufgelöst. Sie hatte Simone in ihr Hotelzimmer gebracht, weg von den Typen ihrer Clique. Dafür würde sie büßen müssen.

Simone Kelter war schwer angeschlagen, sie hatte entsetzliche Angst, dass durch die Droge die Gesundheit des Kindes geschädigt würde.

Einen Arzt aufsuchen wollte sie nicht. Ihre Familie war prominent, für die Klatschpresse wäre der Vorfall ein gefundenes Fressen. Dazu kam, dass ihre Eltern nichts von der Schwangerschaft wussten. Sie schaffte es bis nach Hause, während Tanja Feldbusch in der Nacht zu ihrer Mutter flüchtete. Am Morgen hatte sie sich bei Simone Kelter gemeldet und ihr gesagt, dass sie mit ihrer Mutter nach Langeoog fahren würde. Fürs Erste wollte sie dort untertauchen. Simone sollte mitkommen. Es wäre gut, wenn sie für ein paar Tage aus Köln verschwinden würde. Auch eine Freundin von Tanja würde mitkommen. Diese kannte auf der Insel das Haus einer Stiftung, in dem schwangere Frauen, die Hilfe benötigten, wohnen könnten. Dorthin wollte sie gehen und Simone könnte mitkommen.

Es hatte sich aber auch etwas ergeben, dass Kathrin Hansen Zuversicht gab, in den Mordfällen weiterzukommen. Es gab einen Hinweis auf den Mann mit dem Namen Manni. Simone Kelter hatte ihn in der Bar kennengelernt. Ihre Beschreibung deckte sich mit der Aussage der Mutter von Tanja Feldbusch. Simone Kelter hatte aufgeschnappt, dass er auf einer Insel ein großes Ding plane. Wo genau, konnte sie nicht sagen. Doch für

Kathrin Hansen stand fest, dass er Langeoog gemeint hatte. Für sie verdichtete sich der Verdacht, dass dieser Manni der Mörder der beiden Frauen war. Sie mussten ihm auf der Insel über den Weg gelaufen sein.

»Seht mal, vorne taucht schon Langeoog auf«, unterbrach Simone Kelter sie in ihren Überlegungen mit einem Lächeln. »Drückt mir die Daumen, dass es am Nachmittag mit dem Haus klappt.« Mit Blick auf die Uhr sah Kathrin Hansen, dass sie bis zu dem Termin mit dem Makler noch reichlich Zeit hatten. Sie machte Simone Kelter darauf aufmerksam, dass sie nach Verlassen der Fähre am Hafen von einem Wagen abgeholt würden. Von dort ginge es direkt zu dem Haus ihrer Bekannten.

»Zu dem Termin mit dem Makler holen wir dich dort dann ab. Simone, denke daran, dass du etwas anziehst, was du nicht in der Bar anhattest. Man darf dich nicht erkennen. Ach ja, eine Mütze und eine Sonnenbrille sind Pflicht.

28. KAPITEL

Eine Stunde später standen sie im Polderweg vor einem älteren, roten Backsteinhaus. Ein Haus, wie es sich die Kapitäne von Langeoog gebaut hatten. Solide, sturmerprobt, mit einer rundum laufenden Umlage. Angrenzend ans Grundstück erstreckte sich nach Osten hin das Pirolatal. Schon oft hatte Kathrin Hansen mit der Besitzerin lange Spaziergänge durch die faszinierende Dünenlandschaft gemacht.

Eine etwa sechzigjährige gepflegt aussehende Frau öffnete die Haustür und nahm Kathrin Hansen und Maike Jansen in die Arme. Dann trat sie auf Simone Kelter zu.

»Ich bin Eva und freue mich, dass du hier bist, fühle dich wie Zuhause.« Herzlich umarmte sie Simone Kelter und bat die Frauen ins Haus. Von Kathrin Hansen wusste Eva Mühlberg um die besonderen Umstände und hielt sich mit Fragen zurück. Die Einladung zum Kaffeetrinken mussten Kathrin Hansen und Maike Jansen leider ablehnen. Ava Sari hatte sich kurz vorher gemeldet und gemeint, es wäre gut, wenn sie vorbeikommen könnten. Kathrin Hansen versprach Simone Kelter, sie kurz vor siebzehn Uhr abzuholen. Den Makler würde sie direkt zum Objekt in die Gartenstraße bestellen.

In der Dienststelle saß Friedrichs mit Ava Sari am Besprechungstisch bei einer Tasse Tee. Sie diskutierten über den Inhalt eines Schreibens, das auf dem Tisch lag. Glücklich, dass seine Maike wieder da war, gab Friedrichs ihr einen schnellen Kuss und drückte Kathrin Hansen. Ava Sari fragte, ob sie Tee oder Kaffee haben möchten, wobei sie sich für Kaffee entschieden. Bevor Kathrin Hansen sich über die Ergebnisse ihres Besuches in Köln äußern wollte, fragte sie, was los sei. Friedrichs reichte ihr das Protokoll, das er vor einer Stunde geschrieben hatte.

»Kathrin, vor zwei Stunden hatten wir hier Besuch von einem jungen Paar. Sie haben keine Anzeige erstattet, wollten aber loswerden, was sie erlebt hatten. In dem Protokoll habe ich ihre Aussage zusammengefasst.«

»Sascha Klein und Petra Schneider«, las Kathrin Hansen, »wo kommen die her?«

»Aus Osnabrück, sie machen auf der Insel ein verlängertes Wochenende.«

»Okay.«

Mit zunehmendem Unbehagen las Kathrin Hansen, dass das junge Paar am Abend zuvor in der *Disko Up 13* ordentlich Alkohol getrunken, und sich einen Joint hineingezogen hatten. Gras, das erlaubt war. Jedenfalls fuhren sie an dem Abend so richtig ab. Kurz vor Mitternacht wurden sie von einem Mann angequatscht. Ein junger, netter Typ mit einem osteuropäischen Akzent. Sie alberten herum, bis er irgendwann meinte, er kokste ja auch schon mal, aber so richtig wäre das ja alles nichts. Wenn bei seiner Freundin und ihm so richtig was abgehen soll, würden sie sich etwas Besseres gönnen. Zufällig hätte er sogar etwas dabei. Als Geschenk für ihre nette Gesellschaft gab er ihnen ein Papiertütchen. Zum Glück war das Paar noch so clean, dass es sofort begriff, das etwas nicht stimmte. Sie blieben dem Typ gegenüber freundlich, lehnten jedoch ab. Petra Schneider erklärte dem Mann, dass sie in Kürze ein Kind möchten und dass ab dem kommenden Tag Stoff und Alkohol tabu wären. Danach wurde der Mann sauer, machte einen auf beleidigt und zog ab.

»Puh«, stöhnte Kathrin Hansen, »bei dieser Sache muss ich daran denken, dass kürzlich Maartens meinte, eine rumänische Drogenbande wollte sich auf deutschen

Urlauberinseln breit machen. Dieser Anmacher in der Bar könnte einer von denen gewesen sein. Wäre aber verdammt schnell gegangen.« Ava Sari ging zum Drucker, nahm einen Ausdruck und legte ihn auf den Tisch.

»Nachdem Sascha Klein ahnte, dass etwas nicht stimmte, war er so clever und hat den Mann heimlich fotografiert. Hier ist das Foto von ihm.«

»Super, damit müsste ich doch was anfangen können«, äußerte sich Maike Jansen euphorisch. »Ava, schick mir die Datei rüber, ich jage sie durch das Gesichts-Erkennungsprogramm des BKA.« Geflissentlich übersah sie die steile Falte, die sich auf der Stirn ihrer Chefin gebildet hatte. Für Maike Jansen galt der Grundsatz, dass der Zweck die Mittel heilige. Und dann gab es noch etwas, dass sie erledigen wollte.

»Kathrin, wo wir einmal dabei sind, wenn du mit Simone nach der Besichtigung des Hauses in die Dienststelle kommen würdest, könnten wir ein Phantombild von diesem Manni anfertigen.« Kurz überlegte Kathrin Hansen und erwiderte, dass könnten sie am anderen Tag erledigen. Sie selbst müsste noch einiges für die Einweihungsfeier organisieren, und Simone Kelter brauchte etwas Ruhe.

29. KAPITEL

Simone Kelter hatte sich in das Haus in der Gartenstraße sofort verliebt. Alles war so, wie sie es sich vorgestellt hatte. Im Erdgeschoss empfing sie eine offene, großzügig geschnittene Wohnlandschaft, im Obergeschoss waren mehrere Zimmer und zwei Bäder. Sie beeindruckte die gelungene Kombination Ostfriesischer Stil mit Moderne. Hier hatte der Architekt sich wirklich was einfallen lassen. Zur Gartenstraße hin gab es einen wunderschönen Erker, den sie mit einer Sitzbank ausstatten wollte. Ein besonderes Highlight war der Kachelofen im Wohnbereich. Laut Makler wurden Original Delfter Kacheln verbaut. Ein Schmuckstück.

Simone Kelter schoss laufend Fotos, schickte diese ihren Eltern und sagte, wie glücklich sie sei. Am Schluss unterzeichnete sie den Vorvertrag und ließ dem Makler die Anzahlung anweisen. Hannes Jobs sagte zu, in den nächsten

Tagen einen Termin mit dem Notar zu vereinbaren. Schließlich müsste es ja für etwas gut sein, dass dieser sein Schwager wäre, meinte er augenzwinkernd.

Kathrin Hansen begleitete Simone Kelter bis zum Haus von Eva Mühlberg und schärfte ihr ein, es auf keinen Fall zu verlassen. Sollte sie etwas Ungewöhnliches bemerken, müsste sie sich sofort melden. Erleichtert, dass der Tag so einiges Positives ergeben hatte, ging sie anschließend über die Höhenpromenade zu ihrem Haus. Kurz vorher hatte sie Hindrik informiert, dass sie eintrudeln würde. Er könnte, wenn er wollte, etwas Leckeres zu Essen machen. Sie hätte einen Bärenhunger.

Hindrik wollte.

Als sie die Haustür öffnete, empfing sie der verführerische Duft von etwas Gebratenem. Sie tippte auf Steaks, und wenn Hindrik beabsichtigte sie verwöhnen zu wollen, gab es dazu Airfryer Kartoffeln und frischen Salat.

Hindrik wollte.

Mit der Bemerkung, sie müsste erst einmal duschen, ging ins Bad. Hindrik gab ihr zehn Minuten, dann wären die Steaks auf den Punkt genau gebraten. Sie schaffte es in acht Minuten, zog sich etwas Lockeres an und holte nach, was am Anfang zu kurz gekommen war. Lachend löste Hindrik sich von ihr und meinte, er müsste sich um die Steaks kümmern.

»Prost, schön wieder Zuhause zu sein«, sagte Kathrin Hansen, als sie am Tisch saßen und stieß mit ihm an.

»Hm, das ist ja ein leckerer Wein, hat unser Weinhändler den neu im Sortiment?«

»Ja. Ein trockener Blauschiefer von der Mosel. Etwas Besonderes. Vom selben Winzer ist der Sekt für die Einweihungsfeier. Ich denke, da machen wir nichts mit verkehrt.

Beim Essen gingen sie nochmals die Checkliste durch, wobei Kathrin Hansen feststellte, dass der Kaffee-Tee-Vollautomat für das Ferienapartment noch nicht geliefert wurde. Hindrik versprach, sich am Morgen darum zu kümmern. Am Ende konnten sie alle offen gebliebenen Punkte als erledigt abhaken.

Nach dem Essen berichtete Kathrin Hansen, was sie Köln erreicht hatte, und von Simone Kelter. Gerne hätte sie diese auch zur Einweihung eingeladen, was aus Sicherheitsgründen jedoch unmöglich war.

»Hindrik, wir können ja Eva, wenn sie nach der Feier nach Hause geht, etwas für Simone mitgeben. Die wird sich bestimmt darüber freuen. Übrigens hat Eva mir gesagt, dass Heike Förster, ihre Freundin aus Köln, bei ihr unterkommt. Eigentlich hatte ich für Heike das Ferienapartment vorgesehen, aber so ist es auch gut. Ab der kommenden Woche könnte ich es eigentlich vermieten. Nur ist es so, dass die Mordfälle mich voll in Anspruch nehmen. Wir haben Hinweise, die vielversprechend sind, aber abgearbeitet werden müssen.«

Hindrik winkte ab, füllte die Gläser und meinte, dass mit der Vermietung sollte sie zurückstellen, bis die Mordfälle geklärt wären. Es dränge ja keiner, umso schöner wäre es, wenn sie gerade für die ersten Feriengäste den Rücken freihätte und sich um sie kümmern könnte. Schließlich müsste sie sich selbst auch erst einmal in die neue Situation eingewöhnen. Zustimmend nickte Kathrin Hansen.

»Hindrik, ich glaube, das ist wirklich die bessere Lösung, so mache ich das. In der Zwischenzeit können wir uns ja verstärkt unserem Sonderprojekt widmen.« Als sie seine fragende Miene sah, fing sie an zu lachen.

»Du erinnerst dich an die Kinderzimmer, die auf ihre kleinen, süßen Bewohner warten?«

30. KAPITEL

Am anderen Morgen wurde Kathrin Hansen durch das Aroma eines frisch aufgebrühten Kaffees geweckt. Wenn es etwas gab, das sie augenblicklich aus dem Bett springen ließ, war es dieser Duft. Sie spinkste in die Küche und sah, wie Hindrik Rührei zubereitete. Schnell sprang sie unter die Dusche, drückte danach Hindrik einen Kuss auf die Backe und meinte, sie hätte einen Riesenhunger. Beim Frühstücken erzählte Hindrik, dass seine Praxis in den ersten drei Wochen bereits ausgebucht sei. Aufgrund seiner Referate in den Kliniken bekäme er laufend neue Anfragen. Heute wollte er sich die Unterlagen der Patienten ansehen. Da freue er sich besonders drauf. Kathrin Hansen freute sich mit ihm. Jetzt, im Nachhinein, war sie froh, dass das Heim, in dem Hindrik Leiter gewesen war, geschlossen wurde. Endlich hatte er seine berufliche Erfüllung gefunden.

»Hindrik, das ist doch wunderbar, und du weißt ja, wenn ich dir abends beim Schreibkram oder so, helfen kann, tue ich das gerne.«

»Lieb von dir, doch noch ist alles überschaubar. Aber wie sieht es am Mittag aus, kommst du nach Hause, oder sollen wir essen gehen?«

Kathrin Hansen hob die Schultern.

»Ich befürchte, da kann ich mich nicht festlegen, in der Dienststelle stapeln sich Berichte, die ich durchsehen muss und dann werde ich wohl auch unterwegs sein. Übrigens war da ein Vorfall in der *Disko Up 13*. Ein vermutlich Osteuropäer hatte sich mit der üblichen Masche an ein junges Paar herangemacht. Du weißt schon, auf die freundliche Kumpel Tour. Am Schluss wollte er ihnen als Dank für den netten Abend etwas schenken, auf das sie so richtig abfahren würden. Sprich Drogen. Seine wahre Absicht dürfte bekannt sein.«

»Und, wie hat sich das Paar verhalten?«

Im Abriss berichtete Kathrin Hansen den Ablauf und scrollte anschließend ein Foto auf dem Handy hoch.

»Hier, so sieht der Typ aus. Solltest du den sehen, rufe mich an. Besser noch wäre es, wenn du sehen könntest, wo er wohnt. Aber Hindrik

Vorsicht. Solche Leute riechen eine Gefahr auf hundert Metern.«

Dreißig Minuten später ging Kathrin Hansen in die Dienststelle und traf Maike Jansen vor, wie sie das Foto des Verdächtigen aus der Disko durch ein Programm laufen ließ, von dem sie nicht wissen wollte, in welcher Behörde es etabliert war.

»Und, Maike, hattest du schon Erfolg?«

»Tatsächlich konnte ich die Identität des Mannes ermitteln. Es handelt sich um Miro Dumitru, Rumäne, achtundzwanzig Jahre alt, gemeldet in Sloboza. Ein Ort in der Nähe von Bukarest. Gerade versuche ich herauszufinden, ob er strafrechtlich erfasst ist.«

»Okay. Wo ist Olli?«

»Er klappert die Hotels ab. Er glaubt, dass dieser Mann Kontakte knüpfen will, und das geht am besten an den Hotelbars.«

Kathrin Hansen seufzte laut und meinte, dann würde sie sich mal über den Schreibkram hermachen.

»Ach Kathrin, Eva hat angerufen. Sie sagte, sie müsste einkaufen und würde Simone mitnehmen und bei uns abliefern. Ich habe sie nochmals darauf aufmerksam gemacht, dass sie etwas anziehen soll, in dem sie nicht erkannt werden kann. Mit ihr werde ich dann das

Phantombild dieses Manni erstellen.« Kathrin Hansen überlegte kurz und meinte, sie sollte Friedrichs anrufen und ihm sagen, er möchte mit seiner Umfrage in den Hotels warten, bis er auch das Foto von Manni hätte. So bräuchte er später nicht noch mal los. Dabei hatte Kathrin Hansen den Hintergedanken, so wenig Unruhe wie möglich zu machen. Wenn die Hotelinhaber auch diskret und verschwiegen waren, gequatscht und spekuliert wurde immer. Mit einem vernichtenden Blick auf den Stapel auf ihrem Schreibtisch griff sie nach der obersten Akte.

31. KAPITEL

Fast eine Stunde hatten Maike Jansen und Simone Kelter vor dem PC gesessen und ein Bild von dem unbekannten Manni konstruiert. Am Schluss war Simone Kelter von der Übereinstimmung begeistert gewesen. Genauso hätte der Mann in der Bar ausgesehen, meinte sie. Maike Jansen machte mehrere hochauflösende Ausdrucke und verteilte sie.

»Da muss ich Lisbeth Feldbusch recht geben«, äußerte sich Kathrin Hansen. »Der Mann sieht verdammt gut aus.«

»Aber nur auf den ersten Blick«, kommentierte Maike Jansen. Auf dem Monitor zog sie das Bild um einiges größer und kreiste mit der Maus die Mundpartie ein.

»Seht euch die schmalen Lippen und die harten Linien an, das sind Zeichen von Härte, oft auch von Brutalität. Doch solche Leute haben es drauf, mit einer geradezu sanften Umgangsweise das zu kaschieren. In einem

Seminar während meines Studiums haben wir Personen analysiert, die nach außen hin die lieben Onkel Typen waren, doch grausamste Morde verübt hatten. Wenn ich daran denke, dass Tanja Feldbusch durch schwere Tritte in den schwangeren Bauch tödlich verletzt wurde, würde ich behaupten, dass dies zu dem Typ hier passen könnte.«

Einen Moment blieb es still.

Mit der Vorstellung mussten sie erst einmal zurechtkommen. Schließlich war es Friedrichs, der sich an Simone Kelter wandte und fragte, ob sie an dem Abend in der Bar vielleicht zufällig gehört hätte, dass dieser Mann den Namen eines Hotels erwähnt hätte. Irgendein Anhaltspunkt, denen sie nachgehen könnten.

»Nein, tut mir leid, da war nichts. Tatsächlich bin ich ihm nur einmal sehr nahegekommen, als Tanja mich ihm vorgestellt hat. Danach hatte ich das Gefühl, das er bewusst Abstand zu mir gehalten hat. Übrigens glaube ich nicht, dass er mir diese scheiß Tropfen ins Glas getan hat. Er scheint mir eher ein Mann zu sein, der es auf der charmanten Art durchzieht. Zumindest so lange, bis er das Netz zuziehen kann.«

»Na gut, wie auch immer«, schaltete sich Kathrin Hansen ein. »Wir haben Fotos von zwei Personen, die tatverdächtigt sind. Dabei schließe ich nicht aus, dass der Rumäne die Frauen getötet haben könnte.

Doch nun weiter.

Olli, du nimmst dir die Hotels vor. Ich kann mir vorstellen, dass beide Personen sich ein solches leisten konnten. Und dieser Manni wird auf einen gewissen Komfort nicht verzichten wollen. Ich tippe, dass für ihn nur eines der besten Hotels in Frage gekommen ist.«

Ihr Blick wanderte zu Simone Kelter.

»Simone, dich begleite ich zu Eva. Ich muss noch zu dem Kriminalrat, das liegt auf dem Weg.«

Kathrin Hansen zog sich die Jacke an, hängte die Tasche um und steckte ihre Dienstwaffe ein. Etwas, das sie selten tat. Doch bei dem Gedanken, dass Killer sich auf der Insel herumtrieben, hielt sie es für angebracht. Beim Hinausgehen rief sie noch Maike Jansen zu, dass sie sich sofort melden sollte, wenn sie bei der Recherche über diesen Manni etwas ausgegraben hätte. Draußen hakte sie sich bei Simone Kelter unter und sie machten einen auf Urlauber. Von der Seite her musterte sie Simone und fand, dass unmöglich zu erkennen war, wer sich unter der Mütze und hinter der großen Sonnenbrille verbarg. Spontan entschied Kathrin Hansen, über die Höhenpromenade zu gehen. Als Nebeneffekt würde es Simone sicherlich guttun, das Meer und den Strand zu sehen, einen Moment der Freiheit zu genießen.

»Ist das hier schön«, meinte Simone Kelter nach einer Weile. »Ich stelle mir vor, wie ich mit meinem Kind dort unten am Strand buddeln werde. Kathrin, ich weiß gar nicht, wie ich dir danken kann, dass du mich mit auf die Insel genommen hast. Ohne dich säße ich jetzt in Köln und würde darüber brüten, wie es weiter geht.«

Kathrin Hansen drückte sie an sich und meinte, auch sie wäre froh, dass es ihr auf Langeoog so gut gefallen würde. Sie freue sich für sie und ihr Kind. Sie hatte schon auf der Zunge liegen nach dem Vater des Kindes zu fragen, schluckte es jedoch hinunter. Kurz darauf zeigte sie auf ein ostfriesisches Haus, das am Rande der Höhenpromenade stand.

»Simone, dort das ist mein Haus. Ich habe es von meinen Großeltern geerbt. Sie haben es gebaut. Mein Opa Knut war Krabbenfischer mit eigenem Kahn. Zu der damaligen Zeit war das hier auf der Insel noch etwas. Vor kurzem haben mein Lebensgefährte und ich beschlossen, das Haus mit einer Praxis und einem Ferienapartment zu erweitern. Hindrik ist Psychotherapeut, war viele Jahre Leiter einer

Einrichtung für Kinder und Jugendliche mit psychischen Problemen. Seit dem Krieg in Syrien sind viele unbegleitete Kinder von dort in diese Einrichtung gekommen. Sie waren traumatisiert, seelisch nur noch ein Wrack. Für Hindrik war es eine schwere Belastung, dieser Aufgabe gerecht zu werden. Doch er ging ganz darin auf. Nun kam es vor einem Jahr so, dass die Trägergesellschaft aus finanziellen Gründen das Haus geschlossen hat. Ein schwerer Schlag für Hindrik, er hing an seinen Zöglingen. Aber es war endgültig. Doch dadurch ist der Gedanke entstanden, eine eigene Praxis für Psychotherapie zu eröffnen. Aber komm, wo wir schon einmal hier sind, zeige ich dir das Haus.«

In der Praxis bestückte Hindrik gerade ein Regal mit Fachliteratur und freute sich, Simone Kelter kennenzulernen. Auf Anhieb war die junge Frau ihm sympathisch. Er führte sie durch die Räumlichkeiten, erklärte seine Philosophie im Hinblick moderner Behandlungsmethoden, wobei es sich herausstellte, dass Simone Kelter bereits fünf Semester Medizin studierte. Es wäre noch gut eine Weile so weitergegangen, wenn Kathrin Hansen die beiden nicht unterbrochen hätte. Sie erinnerte daran, dass sie zu einem Termin mit dem Kriminalrat müsste.

Die Besichtigung des Ferien Apartment wurde dann ein Schnelldurchgang, wobei Simone fragte, ob sie im Apartment vielleicht wohnen könnte, solange ihr Haus noch nicht eingerichtet ist. Kathrin Hansen meinte, das wäre eine gute Idee, doch erst einmal müsste sie in Deckung bleiben.

Anschließend gingen sie zu Eva Mühlberg, wo Kathrin Hansen die Einladung zum Abendessen leider ablehnen musste. Doch am anderen Tag würde sie gerne darauf zurückkommen, versprach sie.

32. KAPITEL

Da Heidkamp im Kavalierpad wohnte, entschied Kathrin Hansen ein Stück über die Höhenpromenade zu gehen. Sie liebte den Blick über das Meer, wenn es auch nur für wenige Momente war. Was sie besonders toll fand waren die vielen Sitzbänke, die gezielt an den Aussichtspunkten aufgestellt waren. Begeisterte Feriengäste hatten tief in die Tasche gegriffen und gesponsert. Auf jeder Bank informierte eine Inschrift über die jeweiligen Gönner. Gut, sie selbst setzte sich nur selten, ab und an mal mit Hindrik, wenn sie abends einen Spaziergang machten. Für viele Senioren waren diese Ruhezonen jedoch eine Bereicherung, eine Steigerung des Urlaubsfeelings.

Kurz darauf erreichte sie den Dünenfriedhof. Sie überlegte, ob sie ihren Großeltern ein liebes »Moin« sagen sollte, mit Blick auf die Uhr erledigte sich das. Heidkamp wollte sie nicht warten lassen. Ob es die globale kriegerische

Situation war, die ihre Gedanken lenkten, oder ein Impuls, jedenfalls musste sie an die russischen Kriegsgefangenen denken, die dort begraben waren. Ihr Großvater hatte oft erzählt, dass während des Zweiten Weltkrieges die Gefangenen Betonpisten für die Luftwaffe bauen mussten. Ausgehungert, halb erfroren, am Ende ihrer Kräfte, starben sie oft schon während der ersten zwei Jahre. Ein Teil der Geschichte Langeoogs, die gerne totgeschwiegen wurde.

Dagegen war die Grabstätte von Lale Andersen ein Ort, der jährlich von vielen Menschen besucht wurde. Lale Andersen war ein Kind der Insel, hatte viele Jahre im Ausland gelebt, war jedoch ihrer Heimat treu geblieben. Davon zeugte auch der Sonnenhof, ihr Wohnhaus. Heute konnte man sich dort einmieten, ihre Nähe spüren.

Ganz in Gedanken ging Kathrin Hansen den Zugang zum Oststrand hoch, als sie über den Dünen in Richtung Osten etwas Seltsames in der Luft bemerkte. Ein dunkles Etwas, das sie nicht einzuordnen wusste. Ein Vogel war es nicht, da war sie sich sicher. Aus ihrer Umhängetasche holte sie das Fernglas und zoomte das Objekt näher heran. Verdammt, was hat eine Drohne hier zu suchen, fuhr es ihr durch den Kopf. Eine Weile beobachtete sie den Flug und erstarrte, als das Gerät über die Stelle in den Dünen stehen blieb, auf der sie Helene Sinter gefunden hatte. Das konnte kein Zufall sein.

»Betreten der Dünen verboten«, stand auf dem Schild, an dem sie sich vorbeidrückte und durch das geschützte Gebiet hocharbeitete. Ohne die Drohne aus den Augen zu lassen, erreichte sie die Höhe und suchte mit dem Fernglas die Umgebung ab. Da ein solches Gerät aus großer Entfernung steuerbar war, konnte der Lenker weit entfernt sein. Doch hier kam ihr die offene Landschaft zugute. Der weitläufige Strand, die übersichtliche Dünenlandschaft, Deckung gab es keine.

Hinter der monströsen verrosteten Rohrleitung der Strandaufspülung glaubte sie etwas erkennen zu können. Sie zoomte die Stelle näher heran und bemerkte eine Person, die einen Kasten in den Händen hielt. Der Statur nach musste es sich um einen Mann handeln. Er hatte die Wollmütze bis über die Ohren gezogen und eine Sonnenbrille aufgesetzt. Kathrin Hansen hätte wetten können, dass sie den Typ vor sich hatte, der in der Disko dem jungen Paar Drogen verticken wollte.

Verdammt, schoss es ihr durch Kopf, die Drohne könnte mich im Blickfeld haben. In dem Moment hörte sie, wie das Fluggerät aufheulte, einen Bogen flog und auf sie zugeschossen kam.

Viel Zeit blieb ihr nicht.

Mit einem raschen Griff entsicherte sie die Waffe, stemmte die Füße in den Sand, wartete bis das Geschoss nur noch wenige Meter entfernt war, und schoss.

33. KAPITEL

Noch bevor die zerstörte Drohne auf dem Boden landete, blickte Kathrin Hansen durch das Fernglas auf den Piloten. Er blickte in ihrer Richtung, starrte dann auf den Monitor und schüttelte den Kopf. Offensichtlich begriff er nicht, was geschehen war.

Sie spurtete los.

In dem Moment, wo sie den Strand erreichte, flüchtete der Mann in Richtung Osten. Nicht weit von ihm entfernt war der Strandzugang zum Pirolatal. Hinter der Düne war der Biker Parkplatz. Mist, fuhr es ihr durch den Kopf, wenn der dort ein Bike stehen hat, habe ich keine Chance. Minuten später sah sie den Flüchtenden auf seinem Bike in Richtung Ostende fahren. Sie zweifelte allerdings, dass er dorthin wollte. Wahrscheinlicher war, dass er am Schloppsee den Hauptweg verlassen und auf einem Nebenweg zurück in den Ort fahren würde.

Mit dem Fernglas blickte sie ihm hinterher, zoomte ihn näher heran und auf ihrem Gesicht legte sich ein zufriedener Ausdruck. Räder mit diesem potthässlichen Violett wurden auf der Insel nur von einem Händler vermietet. Und den kannte sie.

Während sie zum Strand zurückging, hoffte sie, dass keiner den Schuss gehört hatte. In der Schnelligkeit des Geschehens hatte sie darauf nicht geachtet. Doch außer einem älteren Paar, das unbekümmert durch das zurückgehende Wasser stapfte, konnte sie niemand sehen. Offensichtlich hatten sie nichts mitbekommen. Kathrin Hansen blickte zu der Stelle in den Dünen, von wo aus sie die Drohne abgeschossen hatte. Durch den Schuss war das Gerät explodiert, es mussten also Teile zu finden sein. Schon aus Umweltgründen musste sie diese aufsammeln. Wenn sie Glück hatten, konnte sogar ermittelt werden, wo und von wem dieses Gerät gekauft wurde. Möglicherweise über die Seriennummer, wenn es die überhaupt gab. Darauf konnte sie Maike Jansen ansetzen.

Da Kathrin Hansen weder Rucksack noch sonst einen Behälter bei sich hatte, rief sie Friedrichs an. Kurz darauf kam er mit Maike Jansen, ihre Gesichter waren ein einziges Fragezeichen. Sie schilderte, was geschehen war, wobei Friedrichs, als er hörte, dass sie von einer Drohne angegriffen wurde, eine Stinkwut bekam. Dass auf seiner Insel durchgeknallte Typen einen solchen Krimi ablieferten, ging ihm mächtig auf den Geist.

»Treffer«, rief Maike Jansen und hielt ein Elektronikteil in der Hand.

»Wenn wir Glück haben, sind darauf Daten gespeichert.«

34. KAPITEL

Tatsächlich war das Elektronikteil weder durch die Kugel noch durch den Absturz beschädigt worden. Doch mit Daten war nichts. Es war lediglich der Empfänger für die Steuerung der Drohne. Maike Jansen war enttäuscht, sie hatte mehr High Tech erwartet. Ein Aufdruck informierte sie, dass sie Made in China in den Händen hielt, was sie auch nicht glücklicher machte. »Elektro Schrott«, murmelte sie frustriert und legte die Überbleibsel in einen Kunststoffbeutel. Die Überlegung, ihre Kollegen von der Technik damit zu beglücken, verwarf sie. Es würde nichts bringen.

Kathrin Hansen, die in den Raum kam, bemerkte ihre Enttäuschung und meinte, dass Flugkoordinaten ihnen eigentlich nichts genutzt hätten. Sie kannten den Tatort in den Dünen und mehr wäre kaum zu erwarten gewesen.

»Aber Maike, ich habe mir nochmal das Foto von dem Mann aus der Disko angesehen, ich bin mir ziemlich sicher, dass er die Drohne gesteuert hat. Und ich weiß, bei wem er das Bike ausgeliehen hat. Ich hoffe, das hilft uns weiter.«

»Und es gibt noch etwas Neues.« Maike Jansen ging zum Drucker und nahm einen Ausdruck aus dem Auslagefach.

»Das hier kam eben vom Landeskriminalamt herein. Wir haben unseren Manni. Er heißt Manfred Hamacher, ist zweiundvierzig Jahre alt und wohnt in Köln-Rodenkirchen. Beruf Vermögensverwalter.« Mit einem Grinsen blickte Maike Jansen ihre Chefin an. »Das mit dem Vermögensverwalter passt doch. Fragt sich nur, wie seine Vermögenswerte aussehen. Weiblich, jung, sexy?«

»Ist er aktenkundig?«

»Vor fünf Jahren wurde er wegen Drogenhandel zu neun Monaten auf Bewährung verurteilt. Zwei Jahre später folgten drei Jahre Haft wegen schwerer Körperverletzung.« Danach verschwand er ins Ausland. Aufenthalt unbekannt. Seit zwei Jahren ist er wieder im Lande. In Köln-Rodenkirchen hat er eine alte Villa am Rhein gekauft, sie auf Vordermann gebracht und lebt dort mit einer Frau zusammen. Sie ist Beamtin bei der Stadt und lupenrein. Sie ist quasi sein Aushängeschild für ein solides, gutbürgerliches Leben. In der

Nachbarschaft sind sie beliebt, gelten als sehr hilfsbereit. Das Paar lebt ansonsten zurückgezogen, hat jedoch Jahresabos für die Philharmonie und Oper. Bedeutet, sie machen einen auf kultiviert.«

»Na toll, das alles finanziert dieses Schwein durch die jungen Frauen, die er drogenabhängig macht und zur Prostitution zwingt. Ich wette, seine Frau ahnt von dem allen nichts. Egal, wir müssen herausfinden, ob Hamacher auf der Insel war, als die Frauen ermordet wurden und ob er sich hier noch aufhält. Nachdem, was Simone Kelter in der Bar mitbekommen hat, hatte er ja große Pläne.« Mit gerunzelter Stirn blickte Kathrin Hansen ihre Kollegin an.

»Maike, Maartens hat sich doch kürzlich im Fährmann über eine rumänische Drogenbande geäußert, die ihre Klauen nach Urlauberinseln ausstreckt. Glaubst du, dass Hamacher mit denen zusammenarbeiten könnte?

Auf Langeoog?«

»Darüber habe ich mir auch schon Gedanken gemacht. Ich hatte sogar die Vorstellung, dass er hier auf der Insel das gleiche Ding wie in Köln durchziehen könnte. Also nicht, dass er sich an junge Insulanerinnen heranmacht, das wäre zu riskant. Aber dass er Frauen vom Festland hier einschleust, sie auf sexhungrige Urlauber

ansetzt und nebenbei die Drogen vertickt, dass
wäre für mich vorstellbar. Und ja, die Rumänen
könnten ihn mit Drogen versorgen.«
»Maike, ist Olli eigentlich mit den Hotels
durch?«
»Er ist gerade die letzten am Abklappern.«
»Okay, ich bin jetzt zu Schmidt, dem
Fahrradverleiher. Drück mir die Daumen, dass
wir über ihn weiterkommen.«
Bis in die Mittelstraße waren es nur ein paar
Minuten. Im Hof standen mehrere Urlauber
und warteten, bis Schmidt sie bedienen konnte.
Da Kathrin Hansen den Betrieb nicht aufhalten
wollte, beschloss sie, zum Süderdünenring zur
Backstube zu fahren. Anschließend hielt sie vor
dem Fischgeschäft um die Ecke. Sie kaufte
Matjes und Fischfrikadellen. Hindrik schickte
sie eine WhatsApp, dass es Fischbrötchen gebe
und er alkoholfreies Bier kaltstellen möchte. Als
sie wieder bei Schmidt eintraf, bediente der
gerade die letzte Kundin. Er wäre gleich bei ihr,
meinte er und stellte den Sattel an einem Bike
höher. Er beobachtete die Probefahrt der
Kundin, nickte zufrieden und wandte sich
Kathrin Hansen zu.
»Moin, Kathrin, was kann ich für dich tun?«
Kathrin Hansen zeigte ihm das Foto auf
ihrem Handy.

»Kennst du diesen Mann?«

»Klar, der und sein Kumpel haben bei mir Räder geliehen.« Besorgt blickte Schmidt sie an.

»Ist mit dem was nicht in Ordnung?«

»Dazu kann ich nichts sagen, du weißt schon, laufende Ermittlung. Aber Heiner, wie ist das, wenn Leute bei dir Räder ausleihen, müssen die ihren Personalausweis zeigen?«

Schmidt lachte schallend.

»Kathrin, wenn dem so wäre, hätte ich bald keine Kundschaft mehr. Nein, es ist so, dass in einer Liste der Name und der Wohnort auf der Insel eingetragen wird. Und die Kunden müssen vorab bezahlen. Wegen der Räder muss ich mir keine Gedanken machen. Geklaut werden können die nicht. Spätestens an der Fähre würde man mich verständigen. Es ist schon mal vorgekommen, dass jemand das Rad nicht zurückgebracht und irgendwo abgestellt hat, aber die sind ja gekennzeichnet.

»Okay. Heiner, dann gib mir doch den Namen des Mannes und wo er wohnt. Und von seinem Kumpel gleich mit. Ach ja, für wie lange haben die beiden die Räder gemietet?«

»Ich glaube für drei Wochen, aber das haben wir gleich. Ich schreibe es dir auf.«

Mit dem Zettel in der Tasche fuhr Kathrin Hansen zur Dienststelle, machte jedoch einen

Schlenker über die Straße *Am Wall*. Eine Ecke im östlichsten Winkel der Insel, wo sich Hase und Fuchs gute Nacht sagten. Etwa zwanzig Meter vor dem Haus *Dünenblick* verlangsamte sie das Tempo, bremste und stieg ab. So wie es aussah, kramte sie in dem Einkaufskorb am Lenker herum, in Wirklichkeit machte sie mit dem Handy ein Foto von dem Haus. Kopfschüttelnd sortierte sie etwas um, stieg aufs Bike und fuhr weiter. Dem Haus schenkte sie weiter keine Beachtung, registrierte jedoch die zwei Fahrräder mit den Nummern acht und dreizehn. So, wie Schmidt es angegeben hatte.

35. KAPITEL

Zu der Besprechung hatte Kriminalrat Heidkamp sie in seine Einsatzzentrale, wie er es nannte, bestellt. Ava Sari hielt in der Dienststelle die Stellung und hatte Anweisung, sie über relevante Ergebnisse sofort zu informieren. Kathrin Hansen, ihre beiden Kollegen und Maartens trafen zur gleichen Zeit im Kavalierpad ein. Schon, als Heidkamp ihnen die Haustür öffnete, schlug ihnen der Duft von frisch gebackenem Kuchen entgegen. Kathrin Hansen schmunzelte und schätzte, dass spätestens nach einer Stunde Elseke mit einer Torte in der Tür stehen würde.

Im Besprechungsraum stellte Maike Jansen ihren Laptop auf den Tisch und koppelte ihn über Bluetooth mit dem Beamer unter der Decke. Da es zu hell im Raum war, bat sie Heidkamp, die Jalousien herunterfahren zu dürfen.

Kurz erklärte Kathrin Hansen, dass sie neue Daten vorliegen hätten und Entscheidungen treffen müssten.

»Maike, du übernimmst.«

Früher hatte Maike Jansen Overhead Folien an die Wand geworfen, heute rief sie die Datei auf, in der sie die Namen der Akteure, wie sie formulierte, aufgeführt hatte. Sie fing mit den beiden Frauen, die ermordet wurden an, streifte ihre familiären Verhältnisse, erklärte ihre Drogenabhängigkeit und ihr Anschaffen als Prostituierte, um Schulden abarbeiten zu können. Wobei sie glaube, dass es soweit nie kommen würde. Solange sie anschaffen konnten, würde dieser Manni sie nicht von der Leine lassen.

Zum besseren Verständnis warf Maike Jansen Fotos der Tatorte auf das Whiteboard und erklärte die bisherigen Ermittlungsergebnisse.

»Bis gestern sah es ziemlich mau aus, doch heute sind wir weiter«, sagte sie mit deutlicher Erleichterung. Sie wandte sich an Maartens.

»Bent, dein Tipp mit dieser rumänischen Drogen Mafia könnte zutreffen. Der Typ, der es mit der Drohne auf Kathrin abgesehen hatte, ist Rumäne. Sein Name ist Pawel Dumitru.« Maike Jansen warf ein Foto auf das Whiteboard. »Und so sieht der Mann aus. Er wird verdächtigt, nicht nur als Dealer tätig zu sein, sondern auch als Auftragskiller zu arbeiten. Er gehört zu einer als besonders brutal geltenden Bande aus Bukarest. Von der dortigen Polizei sind Hinweise an das Bundeskriminalamt gegangen. Dumitru sind die brutalen Morde an den beiden Frauen zuzutrauen.«

»Schade, dass wir nichts über den zweiten Mann wissen, der mit ihm beim Fahrradhändler gewesen ist«, warf Kathrin Hansen ein.

»Kathrin, stimmt, wissen wir nicht, jedoch soll Dumitru mit einem Laszlo Stojka, ein Weißrusse, zusammenarbeiten. Hier ist ein Foto von ihm.«

»Mann, oh Mann«, stöhnte Heidkamp, »dem ist die Brutalität förmlich ins Gesicht geschrieben.«

»Stimmt, ein richtig schönes Gespann«, frotzelte Maike Jansen.

»So, jetzt kommen wir zum dritten in der Runde. Unser von Anfang an gesuchter Manni. Wir haben jetzt ein Foto von ihm. Übrigens hat Simone Kelter ihn beim Zeichnen des Phantombildes gut getroffen. Seine persönlichen Daten und Vorstrafen habe ich unter das Foto geschrieben.«

»Der sieht ja gar nicht so übel aus«, meinte Maartens.

»Und doch halte ich ihn für den gefährlichsten von den dreien«, erwiderte Kathrin Hansen. »Laut der Mutter des ersten Opfers ist er charmant, kultiviert, hat ein angenehmes Wesen. Ein Wolf im Schafspelz. Auch ihm traue ich es zu die Frauen getötet zu haben. Was es bedeutet, wenn Prostituierte vor ihren Zuhältern flüchten, wissen wir. Auch dass beide brutal in den Bauch getreten wurden spricht dafür, dass er es war. Die Strafe dafür, dass sie sich haben schwängern lassen.«

»Ich glaube, ich brauche einen Schnaps«, knurrte Heidkamp.

»Erst wird Kaffee getrunken«, meinte Elseke, die einen Teewagen in den Raum schob. »Den Kuchen habe ich schon durchgeschnitten, dazu könnt ihr euch Kaffee oder Tee aussuchen. In der gelben Kanne ist der Tee. Also, bedient euch.«

36. KAPITEL

Während sie den Kuchen aßen, projizierte Maike Jansen weitere Daten auf das Whiteboard und erklärte die Hintergründe. Als sie die Bilder der Kölner Wohnung von Helene Sinter zeigte, schüttelten alle fassungslos den Kopf. Das eine so junge Frau im Haus ihrer Eltern als Domina gearbeitet hatte, war für sie nicht vorstellbar. Maartens, der während seiner Zeit als Chef der Hamburger Kripo schon fast alles erlebt hatte, meinte, so etwas wäre ihm noch nicht untergekommen. Für alle war jedoch klar, dass die Drogenabhängigkeit von Helene Sinter und ihr Leben als Prostituierte seinen Ursprung im Elternhaus haben musste. Auf die Frage von Heidkamp, ob über ihren Vater etwas bekannt sei, erklärte Maike Jansen, dass der sich wohl früh von seiner Familie abgesetzt hätte. Mehr wüsste sie jedoch auch nicht. Als Nächstes zeigte sie das Haus *Dünenblick*. Deutlich konnten sie die beiden Räder vor der Haustür stehen sehen.

»Kathrin, wie doof muss dieser Dumitru sein, dass er das Rad, mit dem er vor dir geflüchtet ist, so offen vor dem Haus abstellt«, meinte Friedrichs.

»Ihm wird nicht bewusst sein, dass ich es überhaupt registriert habe. Und das ich über das Rad an den Verleiher herankommen kann. Eine solche Denke haben diese Leute nicht. Denen wird es sowieso stinken, dass sie auf der Insel nicht mit ihren Luxuskarren herumgurken können.« Kathrin Hansen ging zum Whiteboard und zeigte auf die Lage des Hauses.

»Dumitru und Stojka, ich gehe davon aus, dass Stojka der zweite Mann ist, haben sich mit Absicht das entlegene Ferienhaus ausgesucht. Sie wollten keinen Kontakt, wollten möglichst nicht gesehen werden. Was uns jetzt zugutekommt.« Kathrin Hansen blieben die Gewitterwolken, die sich auf dem Gesicht von Heidkamp abzeichneten, nicht verborgen. Sie ahnte, woran er dachte. »Wenn wir Dumitru und Stojka hochgehen lassen, ist es von Vorteil, wenn es keine unmittelbaren Nachbarn gibt. Einen Schusswechsel wollen wir zwar vermeiden, ausschließen kann man das jedoch nicht.«

»Wäre es nicht besser, ihr lasst die beiden in Ruhe mit der Fähre nach Bensersiel fahren und verhaftet sie dort?«, warf Maartens ein.

Kathrin Hansen schüttelte den Kopf.

»Bent, das würden wir ja gerne tun, nur glauben wir nicht, dass die schon bald die Insel verlassen werden. Verhält es sich so, dass sie hier eine Drogenring aufbauen wollen, brauchen sie Zeit. Dafür spricht auch, dass sie die Räder für drei Wochen gemietet haben. Und bei der Vorstellung, dass diese Killer sich längere Zeit auf der Insel aufhalten, mitten unter unseren Feriengästen, bekomme ich Bauchschmerzen.

Nein, die Typen müssen weg.

Sofort.«

Heidkamp wiegte bedenklich den Kopf.

»Ich kann mir nicht vorstellen, dass diese Leute sich so einfach festnehmen lassen. Und Kathrin, Beweise, dass sie die Morde begangen haben, liegen uns nicht vor. Heißt, dieser Dumitru könnten wir wegen des Angriffs mit der Drohne auf dich festnehmen, aber ein Anwalt würde ihn umgehend freibekommen. Er würde argumentieren, dass die Drohne es gar nicht auf dich abgesehen hatte, oder noch einfacher, dass Dumitru dich in den Dünen gar nicht bemerkt hat. Und dass er in der Disko versuchte jungen Leuten Drogen anzudrehen, wird er bestreiten. Hier stände Aussage gegen Aussage. Im Grunde steht der Aufwand einer Verhaftung im Verhältnis des Ergebnisses in keinem Verhältnis. Wir können nur verlieren. Wir brauchen handfeste Beweise.«

»Ich hätte da einen Vorschlag zu machen«, warf Friedrichs ein. »Das Haus, das auf der anderen Straßenseite dem Haus *Dünenblick* gegenübersteht, gehört meiner Tante Luise. Im Obergeschoss ist eine Ferienwohnung, die sie nicht mehr vermietet. Aus dieser Wohnung hat man das Haus *Dünenblick* genau im Blickfeld.«

»Was willst du damit sagen?«, meinte Kathrin Hansen.

Friedrichs blickte zu Heidkamp hin.

»Wäre es möglich, dass sich Kollegen vom Festland in die Wohnung einnisten könnten? So hätten sie die beiden Männer unter ständiger Beobachtung.« Heidkamp blickte zu Kathrin Hansen hin, bemerkte die Zustimmung in ihrer Miene und meinte, das wäre eine gute Idee. Nachdem Friedrichs mit seiner Tante Rücksprache genommen hatte, telefonierte Heidkamp mit der Dienststelle in Wittmund und ordnete an, dass zwei Kollegen sich auf den Weg nach Langeoog machen sollten. Friedrichs würde sie am Hafen abholen.

Maike Jansen warf die nächste Datei auf das Whiteboard.

»Da dieser Punkt geklärt ist, kommen wir zurück zu Manfred Hamacher.« Sie blickte zu ihrem Lebensgefährten hin. »Olli, konntest du bei den Hotels etwas erreichen?«

Bevor Friedrichs antworten konnte, meldete sich das Festnetz auf dem Konferenztisch.

Ava Sari hörte sich aufgeregt an. Etwas, dass sie an der sonst ruhigen Taiwanerin nicht kannten.

»Gerade hat eine Bekannte aus der Bank angerufen. Dort ist ein Mann gewesen und wollte fünfzigtausend Euro in bar abheben. Sein Konto hat er bei der gleichen Bank in Köln. Claudia hat ihm gesagt, dass eine so große Menge an Bargeld einen Tag vorher bestellt werden müsste. Daraufhin wurde der Mann, der anfangs sehr nett und freundlich war, ausfallend, beleidigend. In was für eine Klitsche er wäre, die noch nicht einmal die paar Euro auf Lager hätten, soll er sich geäußert haben, und dass ein Geschäft, dass an dem Tag geplant war, nun platzen würde. Für den Ausfall würde er die Bank haftbar machen.

Jedenfalls musste er ohne Geld abziehen und will es morgen um zehn Uhr abholen. Meiner Bekannten ist das wegen der großen Summe

Bargeld merkwürdig vorgekommen und hat mich angerufen.«

»Lass mich raten, der Mann war Hamacher«, äußerte sich Kathrin Hansen.

»Genau, und da ich so eine Ahnung hatte, habe ich Claudia die Fotos der drei Verdächtigen geschickt. Sie hat Hamacher einwandfrei erkannt. Sein Name ist identisch mit dem des Kontoinhabers.«

37. KAPITEL

Schon weit vor zehn Uhr postierten sich Kathrin Hansen und Maike Jansen so, dass sie den Eingang der Bank im Auge hatten. Gerne hätte Kathrin Hansen ihren Stellvertreter dabeigehabt, doch der kümmerte sich um die Kollegen aus Wittmund. Seine Tante Luise hatte sich ziemlich aufgeregt, als er ihr erklärt hatte, was es mit den beiden Polizisten in ihrem Haus auf sich hatte. Für Mitte achtzig war sie äußerst rüstig, doch mit einer solch prekären Situation konnte sie nicht aus dem Stegreif umgehen. Nun, Friedrichs würde sie beruhigen, da war sich Kathrin Hansen sicher.

Mit Maike Jansen stand sie in Funkkontakt. Ihr Plan war, Hamacher bis zu seiner Unterkunft zu verfolgen. Danach würde man weitersehen. Kathrin Hansen ging es durch den Kopf, dass sie im Grunde keine Beweise hatten, um ihn festnehmen zu können. Simone Kelter könnte ihn zwar als den Mann identifizieren, der in der Kölner Bar von einer Expansion seiner Geschäfte gesprochen hatte, doch damit konnten sie nichts anfangen. Selbst wegen Zwangsprostitution und Handel mit Drogen würden sie ihn nicht drankriegen. Um hier Beweise ermitteln zu können, müssten die Kölner Kollegen sein Leben auf den Kopf stellen. Zeugen ausfindig machen und befragen, das ganze Programm durchziehen. Für die Morde auf Langeoog wäre dies jedoch alles nicht relevant. Innerlich stöhnte Kathrin Hansen auf. Wie sollten sie dem Mann nachweisen, dass er der Mörder der beiden Frauen ist. Niemand kannte ihn, niemand hatte etwas gesehen. Es gab nur eine Möglichkeit, sie mussten seine DNA haben. Sonja Klaes hatte bei beiden Opfern die gleiche Fremd DNA festgestellt. Bestand eine Übereinstimmung, wäre Hamacher geliefert. Wenn nicht, kamen Dumitru oder der Weißrusse infrage. Von beiden brauchten sie ebenfalls die DNA. Eigentlich dürfte das kein Problem sein, überlegte Kathrin Hansen. Wenn die beiden Männer das Haus verließen, könnte einer der Beamten sich in dem Haus umsehen. Im Bad oder in den Schlafzimmern müsste verwendbares Material zu finden sein. Schnell schickte sie Friedrichs eine Mitteilung, dies an die Kollegen weiterzugeben. Gleichzeitig hörte sie Maike Jansen im Kopfhörer, die ihr mitteilte, dass Hamacher gerade in die Kirchgasse fahren würde. »Kathrin, der Mann fährt ein weißes, hypermodernes E-Bike, ist sportlich gekleidet und hat eine Titleist Golfkappe auf. Du wirst ihn sofort erkennen.«

»Okay, warten wir ab, wie es weitergeht.«

Es dauerte etwa zehn Minuten, bis Hamacher mit einem Rucksack auf dem Rücken aus der Bank kam und auf seinem E-Bike in Richtung Süderdünenring fuhr. Kurz sprachen sich Kathrin Hansen und Maike Jansen ab und folgten ihm auf Distanz. Am Ende vom Süderdünenring bog Hamacher in die Hafenstraße und erhöhte das Tempo.

»Verdammt, wo will der denn hin«, fluchte Maike Jansen und beschleunigte ebenfalls. »Kathrin, hoffentlich will Hamacher nicht auf die Fähre.« Kathrin Hansen blickte auf die Uhr und beruhigte sie.

»Maike, jetzt fährt keine Fähre, lassen wir uns überraschen.« Tatsächlich wollte sie es nicht glauben, als Hamacher von der Hafenstraße plötzlich rechts in einen Waldweg fuhr. Kathrin Hansen kannte das Waldgebiet und befürchtete, dass der Mann sie entdeckt hatte und sich absetzen wollte. Schon hörte sie Maike Jansen sagen, mit der unauffälligen Verfolgung wäre es wohl vorbei. Wenn Hamacher bemerkte, dass sie hinter ihm waren, würde er das kaum für einen Zufall halten. Schlimmer noch, er würde gewarnt sein. Für Kathrin Hansen gab es keine Alternative.

»Maike, wir halten uns auf Sichtweite zurück. Achte mal darauf, ob er sich öfter umdreht, wenn nicht, ist er ahnungslos. Es kann doch sein, dass er mit seinem schnieken Bike durch den Wald fahren möchte. Soweit ich das sehen konnte, hat er Mountainbike Reifen aufgezogen. Übrigens muss das sein privates Bike sein, so ein Teil kannst du hier nicht ausleihen.

Dadurch, dass Hamacher kreuz und quer durch den Wald heizte, anscheinend bewusst matschige Wege wählte und durch das eine oder andere Loch fuhr, schien sich die Meinung von Kathrin Hansen zu bestätigen. Der Mann hatte einfach Spaß am Fahren. Das er total verdreckt wurde, schien ihn nicht zu stören. Fast schon so etwas wie Sympathie verspürte Kathrin Hansen.

Mittlerweile hatte Maike Jansen die Spitze übernommen und stellte fest, dass Hamacher wieder in Richtung Hafenstrasse fuhr. Ihr Hintern schmerzte, sie verspürte Krämpfe in den Beinen und hätte den Mann abschießen können. Trotzdem gefiel ihr die Tour und sie nahm sich vor mit ihrem Lebensgefährten diese bei Gelegenheit zu wiederholen. Olli war zwar nicht so unbedingt der Biker Typ, aber sie würde ihn schon herumkriegen. Kurze Zeit später lichtete sich der Wald und sie sah Hamacher auf die Hafenstraße fahren. Zu Kathrin Hansen meinte sie, sie könnten das Tempo erhöhen, Hamacher wäre außer Sichtweite.

Dann hörten sie die Inselbahn.

Als sie die Hafenstraße erreichten sahen sie, dass Hamacher die Inselbahn kreuzte, in Richtung Golfplatz abbog und mit erhöhtem Tempo auf die Ortsmitte zufuhr.

»Na toll«, knurrte Kathrin Hansen, »den holen wir nicht mehr ein.«

38. KAPITEL

Kurz nach dreizehn Uhr nahm Ava Sari den Anruf von Dr. Carola Stein entgegen. Sie hörte sich besorgt an. Kurz vor Mittag, genau in dem Moment, wo der Mitarbeiter der Security auf der Toilette war, wäre ein Fremder in das Haus stolziert. Grundsätzlich durfte kein Mann, der nicht registriert wurde, in das Haus. Und im Gebäude herumlaufen schon mal gar nicht. Das stand groß und fett auf einem Aushang auf der Eingangstür. Es wurde ignoriert. Jedenfalls sprach der Fremde im Haus mehrere Frauen an und erklärte, sein Vater wäre gestorben und er müsste deswegen zu seiner Schwester Simone Kelter. Sein Pech war, dass er auf der ersten Etage Dr. Stein begegnete. Sie verständigte die Security. Als der Mann aufgefordert wurde sich auszuweisen, weigerte er sich, und verließ überstürzt das Haus. Hannes Lütz von der Security war ihm nachgeeilt und konnte sehen, dass er auf einem auffälligen E-Bike sich davon machte. Für Dr. Stein war klar, dass etwas nicht stimmte und rief die Polizeidienststelle an.

Ava Sari reagierte sofort und schickte ihr die Fotos der drei Verdächtigen. Umgehend bestätigte die Ärztin, dass der Fremde Manfred Hamacher ist.

Mit gerunzelter Stirn überflog Ava Sari das Protokoll, das sie geschrieben hatte. So langsam kam ihr dieser Mensch wie ein Phantom vor. Tauchte er auf, verschwand er kurz darauf wieder. Sie dachte an Kathrin Hansen, die richtig sauer war, dass sie Hamacher am Vormittag verloren hatten. Jedenfalls war nun klar, dass Hamacher hinter Simone Kelter her war. Und dass er von der Einrichtung *Haus der Hilfe für Mutter und Kind* wusste, konnte nur bedeuten, dass er das von Tanja Feldbusch oder Helene Sinter erfahren hatte. Ava Sari bekam eine Gänsehaut, wenn sie sich vorstellte, unter welchen Umständen sie ihm das verraten hatten.

Sie rief Kathrin Hansen an.

Am Ende des Gespräches war die Hauptkommissarin dann doch verblüfft. Es passte irgendwie nicht, dass Hamacher sich so auffallend verhalten hatte. Dafür konnte es nur einen Grund geben, er fühlte sich sicher, ihm war nicht bewusst, dass die Polizei hinter ihm her war. Tatsächlich gab es ja auch nur eine

Person, die ihn in Verbindung mit dem Mord an Tanja Feldbusch in Verbindung bringen konnte: Simone Kelter. Ihr war er von Tanja Feldbusch in der Kölner Bar vorgestellt worden. Simone Kelter war eine Gefahr, sie musste weg.

Kathrin Hansen nahm das Handy und wählte die Nummer von Eva Mühlberg. Diese hörte sich gut gelaunt an. Simone und sie wären gerade künstlerisch tätig, sagte sie. Simone würde fantastische Aktszenen in Acryl auf Leinwand malen, quasi in Anlehnung an ihr Medizinstudium, während sie sich an eine Dünenlandschaft in Popart versuchte. Ein neuer Malstil, der sie begeisterte.

»Dann kannst du ja eure Werke in deiner Kölner Galerie ausstellen«, meinte Kathrin Hansen. Einen kurzen Moment blieb es still, dann erklärte Eva Mühlberg, dass sie die Galerie verkauft hätte. Trotz der schrecklichen Ereignissen hätte sie diese zwar gerne weitergeführt, doch es hätte nicht mehr funktioniert.

»Aber Kathrin, seit dem Verkauf kann ich wieder durchatmen. Ich werde mich nun der Malerei widmen. Bei den tollen Motiven hier auf der Insel gehe ich ganz darin auf. Doch wie sieht es bei dir und Hindrik mit der Eröffnung aus, seid ihr gut im Terminplan?«

Hörbar seufzte Kathrin Hansen.

»Tatsächlich hat mit den Handwerkern alles termingerecht geklappt und ich glaubte, die restlichen Dinge entspannt erledigen zu können. Doch dann geschehen zwei Mordfälle und die Entspannung war vorbei. Zwar denke ich, dass wir nun endlich weiterführende Spuren haben, doch du kannst dir vorstellen, wie es in meinem Kopf aussieht. Ohne Hindrik, der mir die privaten Aufgaben abnimmt, wäre ich ganz schön aufgeschmissen. So aber ist alles gut, den Eröffnungstermin können wir halten.

Eva, richte Simone liebe Grüße aus und sie darf das Haus auf gar keinen Fall verlassen. Kannst du es vielleicht so einrichten, dass niemand von außen bei dir hineinblicken kann?«

»Alles schon erledigt«, erwiderte Eva Mühlberg. »Den Tag über sind die Sonnenjalousien unten und nachts die Rollläden. Also absoluter Blickschutz.«

39. KAPITEL

Gerade hatte Kathrin Hansen das Gespräch beendet, als sich das Handy meldete. Eine unbekannte Nummer.

»Moin, Frau Hauptkommissarin, Felix Kamp hier. Ich bin einer der Kollegen, die in dem Haus der Tante von Friedrichs untergebracht sind.« Verdammt, schoss es Kathrin Hansen durch den Kopf, an die beiden habe ich überhaupt nicht mehr gedacht.

»Moin, Felix, nenn mich Kathrin, das reicht. Ich hoffe, ihr seid mit der Unterkunft zufrieden und Friedrichs hat euch in alles eingewiesen.« Sie hörte ein leises tiefes Lachen.

»Also, wenn wir nicht im Dienst wären, könnten wir uns wie im Urlaub fühlen. Von der Tante werden wir mit Kaffee und Kuchen versorgt und für uns zu Mittag kochen wollte sie auch schon. Also Kathrin, alles in bester Ordnung.

Doch zur Lage: Bis jetzt hat von den beiden Männern dieser Dumitru das Haus einmal verlassen. Nichts Spektakuläres. Er hat eingekauft. In der Backstube, in dem Supermarkt auf der Hauptstraße, beim Weinhändler, und das war es auch schon. Ich habe den Eindruck, die warten auf etwas. Kathrin, für uns wäre es super, wenn wir hören könnten, was im Haus gesprochen wird. Inklusive der Telefonate. So wüssten wir, was die planen, müssten nicht Ad hoc reagieren. Zudem kämen wir an Informationen, die für deine Ermittlungen relevant wären.«

Sofort war Kathrin Hansen klar, worauf Felix Kamp hinauswollte. Nur konnte sie das nicht genehmigen.

Offiziell nicht genehmigen. Da wären vorher einige Hürden zu nehmen.

Doch der Gedanke war gut.

Nein, sehr gut.

Geradezu zwingend.

»Tja, Felix, hättet ihr denn das Equipment, um solch eine Möglichkeit zu realisieren?«

»Klar, wir haben einen Koffer mit modernster High Tech dabei. Sobald die beiden Typen das Haus verlassen, könnten wir agieren.« Kathrin Hansen entging nicht, dass er bewusst das Kind nicht beim Namen nannte. So nach dem Motto, was du nicht weißt, macht dich nicht heiß.

»Also Felix, ich bin die Letzte, die euch in eurer Arbeit behindern will. Und es ist ja auch so, hier auf der Insel sind wir ziemlich autark. Wenn hier die Hütte brennt, kann nicht innerhalb von Minuten die GSG vor der Tür stehen und Feuerwehr spielen. Ich denke, ihr müsst euch so einrichten, dass ihr eure Aufgabe zielgerichtet und effektiv durchführen könnt.«

»Kathrin, klasse. Ich habe verstanden. Da soll mir Trotzki nochmal sagen, an dir würde man sich die Finger verbrennen, du wärst eine heiße Braut, der kennt dich anscheinend nicht wirklich.«

Kathrin Hansen hatte es die Sprache verschlagen. Sie musste verdauen, was Felix Kamp gesagt hatte. Trotzki, mal wieder dieses blöde Arschloch, schoss es ihr durch den Kopf.

»Felix, du meinst der Sexist aus der Inspektion Wittmund, der Typ, der es meiner jungen taiwanischen Kollegin mal ordentlich besorgen wollte? Dem ich gedroht habe, ihm die Klötze abzureißen, wenn er eine solche Äußerung nochmals machen sollte?

Felix, läuft der immer noch frei herum?«

Es dauerte eine Sekunde, dann hörte sie wie Felix Kamp laut und schallend lachte.

40. KAPITEL

Erleichtert, dass die Observierung der beiden Verdächtigen optimal anlief, konzentrierte sich Kathrin Hansen auf den Hauptverdächtigen. Auf Hamacher. Sie überlegte, was Hamacher mit den 50.000 Euro, die er bei der Bank abgehoben hatte, vorhaben könnte. Als Anzahlung für eine Immobilie war eher unwahrscheinlich. Solche Geschäfte wurden bargeldlos geregelt, schon aus Gründen der Belegfähigkeit. Für Kathrin Hansen gab es nur eine Option, Hamacher brauchte das Geld für sein Expansions-Geschäft auf der Insel. Für Stoff. Bei der Vorstellung bekam sie Wut. Ein solcher Mensch würde die ganze Insel in Unglück stürzen. Nun, durch den Verlust des Heroin-Depots in den Dünen würden seine Lieferanten erst einmal in Schwierigkeiten geraten. Ihr ging durch den Kopf, wie verrückt es überhaupt war, dort, wo Drogen verbuddelt waren, eine Leiche abzulegen. Entweder waren die Täter so naiv und hatten geglaubt, die abgelegene Stelle würde keiner entdecken, oder sie wurden beim Beiseiteschaffen des Mordopfers gestört. Gefühlsmäßig glaubte Kathrin Hansen das jedoch nicht. Eher konnte sie sich vorstellen, dass Hamacher den Rumänen und seinen Kumpel gebeten hatte, die Leiche verschwinden zu lassen. Und denen war nichts Besseres eingefallen, als der Ort, an dem sie die Drogen verbuddelt hatten.

Doch jetzt standen sie ohne Ware da, konnten Hamacher nicht bedienen. Sie brauchten Nachschub, was logistisch kein Problem sein dürfte. Ein Koffer im Hafen Bensersiel als Reisegepäck aufgeben und am Bahnhof Langeoog abholen, das war es auch schon. In dem Moment fiel Kathrin Hansen ein, dass Felix Kamp meinte, die Zielpersonen würden auf etwas warten.

Sie griff zum Handy.

Kamp war sofort dran. Er hörte sich an, was sie zu sagen hatte, und meinte, das mit dem Nachschub hätten er und sein Kollege auch schon überlegt. Sie fänden es sinnvoll, wenn im Hafen Bensersiel ein Kollege bei der Gepäckannahme eingesetzt würde. Dieser könnte kontrollieren, ob jemand ein

Gepäckstück abgibt, jedoch die Fähre nicht benutzt. Gut, es könnte sich als harmlos herausstellen, ein Treffer wäre aber möglich.

Kurz überlegte Kathrin Hansen, diskutierte mit Kamp, wie er am Bahnhof Langeoog die Überwachung regeln könnte, und stimmte schließlich zu.

»Felix, ich werde es Heidkamp vorschlagen. Im Hinblick, dass anfangs von dem Einsatz einer Sonderkommission die Rede war, dürfte das jetzt kein Problem sein. Schön, wenn wir Erfolg hätten.«

41. KAPITEL

Sie fühlte sich überladen, hatte das Gefühl, ihr Gehirn wäre eine geschlossene Kapsel, in die nichts mehr hineinpasste. Da gab es nur eines, einen ausgiebigen Lauf am Strand. Das Wetter war immer noch traumhaft und bis zur Abenddämmerung würde es noch etwas dauern. Zuhause zog Kathrin Hansen sich Laufklamotten an, legte Hindrik einen Zettel mit der Mitteilung dahin, dass sie nicht beleidigt wäre, wenn sie nach Hause käme und ein richtig ordentliches Abendessen genießen müsste. So mit allem Drum und Dran. Beim Schreiben musste sie schmunzeln, dieses mit allem Drum und Dran beinhaltete so einiges Schönes.

Von Zuhause aus lief sie den Warmbadweg hinunter zum Strand und wandte sich nach links Richtung Süderdünen. Für die Uhrzeit war immer noch viel los, wobei einige Familien, die kleine Kinder dabeihatten, ihre Strandsachen zusammenpackten. Für die Kleinen ein herrlicher Tagesablauf. Tagsüber buddeln, plantschen, aus Sand Fantasiegebilde bauen, zu Abend essen, um sich dann todmüde aufs Bett freuen zu können. Kathrin Hansen war überzeugt, dass diese Erlebnisse die Menschen auch als Erwachsene immer wieder auf die Insel zogen. Ihre eigenen Ferien hatte sie ähnlich erlebt. Jede freie Zeit hatte sie bei ihren Großeltern auf Langeoog verbracht. Die Rückkehr in das potthässliche Großstadtviertel, in dem sie mit ihrer Mutter wohnte, war ihr jedes Mal schwergefallen. Aber das sie einmal als Hauptkommissarin auf der Insel leben würde, hätte sie sich nicht träumen lassen. Und jetzt plante sie, eine Familie zu gründen, mit allem Drum und Dran. Über die Gleichung musste sie lachen.

Sie erhöhte das Lauftempo und spürte, dass ihr Kopf freier wurde. Auflaufendes Wasser füllte bereits Vertiefungen und sie beobachtete ein Pärchen, das weit draußen anscheinend nicht mitbekam, dass hinter ihnen die Sandbank überspült wurde. Für ihre Leichtsinnigkeit hatte Kathrin Hansen kein Verständnis. Sie blickte zur DLRG Station hin, von wo aus eine junge Frau mit dem Fernglas das Paar beobachtete. Wenn es hart auf hart kam, musste die sich in Gefahr bringen, um das Paar sicher an den Strand zu bringen. Ein solcher Wahnsinn musste wirklich nicht sein. Kathrin Hansen wurde abgelenkt durch zwei Gestalten, die weit vorne an der Wasserlinie entlang in Richtung Flinthörn marschierten. Ihrer Statur nach musste es sich um Männer handeln. Spätestens am Flinthörn würden sie umdrehen müssen, ab dort begann das Naturschutzgebiet.

Aus ihrer Gürteltasche nahm Kathrin Hansen ihr Fernglas und zoomte die Personen heran. In Jeans und Hoodies muss es denen doch viel zu warm sein, dachte sie. Typische Feriengäste waren die beiden jedenfalls nicht. Misstrauen machte sich in ihr breit und sie beschloss, sie im Auge zu behalten. Um ihnen näher kommen zu können lief sie schneller.

Kurz vor Flinthörn gab es das erste Infoschild über das angrenzende Naturschutzgebiet. Darauf stand groß und fett »Betreten verboten.« Unschlüssig blieben die Männer stehen, diskutierten und gingen weiter. Kathrin Hansen bekam Wut. Leute, die sich über alles hinwegsetzten, konnte sie nicht ab. Im Normalfall hätte sie die Typen gestoppt, doch sie wollte wissen, was die vorhatten. Da das auflaufende Wasser immer mehr vom Strand vereinnahmte, stapften die Männer in Richtung Dünen. Mit dem Fernglas hätte sie die Gesichter erkennen können, das Risiko aufzufallen, war jedoch zu groß. Stattdessen lief sie auf den Naturpfad zu, der zum Aussichtspunkt führte. Sie hatte Glück. In der Aussichtskanzel war kein Mensch. Sie setzte sich mit Blick zu Westen hin und sah, dass die beiden Männer stur durch das geschützte Gebiet marschierten. Mittlerweile hatten sie drei Verbotsschilder ignoriert. Kathrin Hansen kochte vor Wut. Sie kramte die Paragraphen aus ihrem Gedächtnis, die in ihrer Anzeige relevant sein würden.

Mit Blick auf das montierte Fernrohr überlegte sie, ob sie es benutzen sollte. Ihr Fernglas war sicherlich genauso stark, mit dem Fernrohr dagegen fiel sie nicht auf. Aus ihrer Tasche nahm sie eine Münze und steckte sie in das Gerät.

»Wow, Treffer«, jubelte sie.

Klar und scharf konnte sie die Gesichter der Männer erkennen, die zu den Dünen hochblickten. Dann zuckte sie zusammen.

»Dumitru«, flüsterte sie. Und der zweite Mann war Stojka. Verdammt, was haben die vor, fuhr es ihr durch den Kopf. Dass die nicht wegen der frischen Luft zum Flinthörn und durch das Naturschutzgebiet marschierten, war ihr klar. Im Kopf zeichnete sie die Linie der Strecke weiter und ahnte, was sie vorhaben könnten. Sie nahm ihr Handy und rief Felix Kamp an.

»Kathrin, reicht es, wenn ich dich nachher zurückrufe?«, meldete er sich mit gedämpfter Stimme. Einen Moment war sie verunsichert, dann machte es in ihrem Kopf »klick.«

»Ich wollte dir nur mitteilen, dass Dumitru und Stojka gerade durch das Naturschutzgebiet marschieren. Ganz schön weit vom Haus entfernt. Aber ich glaube, das hat sich erledigt.«

»Stimmt. Wir ziehen gerade das Projekt durch. Trotzdem Danke.«

Grinsend dachte Kathrin Hansen daran, dass die Verdächtigen keinen Furz mehr im Haus lassen konnten, ohne dass Kamp und sein Kollege das mitbekämen.

42. KAPITEL

Gut durchgepustet und erleichtert, dass Kamp und Kollege ihr Ding hatten durchziehen können, kam Kathrin Hansen aufgekratzt Zuhause an. Sie war sich sicher, dass der kommende Tag entscheidendes in den Ermittlungen bringen würde. Von daher nahm sie sich vor, den Abend gemütlich mit Hindrik zu verbringen. Und das mit der Familienplanung musste auch vorangetrieben werden, dachte sie mit einem Kribbeln im Bauch.

Hindrik stand in der Küche, drückte sie kurz und sagte, in etwa einer halben Stunde könnten sie essen. Bei dem herrlichen Abend würde er auf der Terrasse eindecken. Kathrin Hansen erwiderte, das würde sie übernehmen, ginge sich nur eben duschen.

»Hm, riecht das lecker«, sagte sie kurz darauf und spinkste, was in Alufolie eingewickelt, im Backofen schmorte. Sie tippte auf Filet vom

Langeoog Rind. Dabei kam ihr in den Sinn, was sie sich einmal von einem erbosten Feriengast hatte anhören müssen. Bei dem Versuch, Fleisch vom Langeoog Rind zu kaufen, hatte er nur Absagen erhalten. Langeoog Rind wäre nur für die Insulaner, wurde ihm gesagt. Darüber war er richtig sauer gewesen. Sie hatte ihm erklärt, dass das deshalb so wäre, weil es ganz wenige Langeoog Rinder gäbe und ihr Fleisch vorausbestellt würde. Auch ihre Großeltern waren beim Bauer Stammkunden gewesen und sie hatte die Tradition fortgesetzt.

Auf der Herdplatte stand eine riesige Eisenpfanne. Ein Erbstück ihrer Großmutter. Mittig in der Pfanne garte Brokkoli mit angerösteten Zwiebeln, rundum schwenkte Hindrik in goldbraunem Butterfett Petersilie Kartoffeln. Lecker. Da Kathrin Hansen nichts Dienstliches erwartete, holte sie eine Flasche Rotwein und stellte ihn mit zwei Gläsern auf den Tisch. Sie blickte über das Meer. Ein intensives rotorange farbiges Licht leuchtete bis zum Horizont. Ein fantastischer Anblick. Das waren Momente, die sie all die schrecklichen Dinge, die in der Welt passierten, vergessen ließen. In solchen Augenblicken erfüllte sie Ruhe und Frieden.

»Kathrin, könntest du mir beim Auflegen helfen?«, hörte sie Hindrik rufen. Sie blickte auf den Tisch, ob sie nichts vergessen hatte und ging in die Küche. Hindrik verteilte das Rinderfilet, legte auf das Fleisch noch einen Zweig Rosmarin und reichte ihr die Teller.

»Hm, Hindrik, dass riecht fantastisch und sieht toll aus«, sagte Kathrin Hansen und gab ihm einen Kuss. Er nahm die schwere Eisenpfanne, ging auf die Terrasse und platzierte sie mitten auf den Tisch.

Beim Essen berichtete Hindrik, dass am Mittag der Schreiner noch mal da gewesen sei und in der Praxis die letzten Fußleisten angebracht hätte. Jetzt fehlten noch einige Verbrauchsartikel, dann könnte es losgehen.

»Übrigens hat mich heute ein Heinz Keller kontaktiert. Er bezog sich auf Maartens. Bei der Kripo in Hamburg wären sie Kollegen gewesen. Sagt dir das etwas?«

»Ja. Maartens hat mir vor Tagen von dem Mann erzählt. Im Dienst hat Keller einen Menschen erschossen. In Notwehr. Damit kommt er nicht klar. Keller steht kurz vor der Pensionierung und seine Frau ist ganz verzweifelt. Maartens hatte mich gefragt, ob du Keller behandeln würdest. Ich habe ihm geraten, seinem Bekannten deine Kontaktdaten

zu geben. So ist das zustande gekommen.«
Hindrik nickte zustimmend und meinte, das
wäre der richtige Weg gewesen. In der Tat hätte
sich Keller sehr bedrückt angehört, was für
einen Polizeibeamten in seinem Alter und mit
seiner Erfahrung schon etwas heißen würde.
Eigentlich hätte er ihm einen Termin erst in vier
Wochen geben können, hatte ihn dann aber in
der ersten Woche dazwischengeschoben.

»Ach ja, du bekommst auch eine Anfrage«,
schob Hindrik nach. »Das Ehepaar Keller würde
parallel zur Behandlung gerne ein paar Tage
Urlaub auf der Insel machen und suchen eine
Ferienwohnung. Von Maartens wissen sie, dass
du das Apartment zeitgleich mit der Praxis
eröffnest und sie wollen dich wegen der
Buchung kontaktieren.

Ist doch toll, oder?«

»Klasse. Das wären die ersten Feriengäste.
Darauf stoßen wir an.«

43. KAPITEL

Schon lange hatte Kathrin Hansen sich morgens nicht mehr so gut gefühlt. Sie führte es darauf zurück, dass sie mit Hindrik am Abend nochmals die Organisation der Praxis und des Ferienapartment Punkt für Punkt gecheckt hatten. Demnach müsste alles reibungslos laufen und für ihr Privatleben bliebe auch noch Zeit. Etwas, worauf sie Wert legten. Sie konnten ihr Glück kaum fassen, dass selbst das Personalproblem schnell gelöst werden konnte. Für die Praxis hatte Hindrik eine Bürokauffrau von der Insel eingestellt, sie kümmerte sich um den Empfang der Patienten und den Schreibkram, für die Reinigung des Ferienapartment konnte Kathrin Hansen eine Bekannte gewinnen.

Alles lief rund.

Kathrin Hansen blickte auf die Uhr. Sie hatte noch etwas Zeit und da Hindrik bereits in der Praxis war, um den neuen Computer mit

Patientendaten zu füttern, brühte sie sich einen Kaffee auf und setzte sich auf die Terrasse. Gewohnheitsmäßig suchte sie mit dem Fernglas den Strand ab. Gezielt hielt sie nach Personen Ausschau, die sich auffällig verhielten. Ihr stinkte es gewaltig, dass Junkies sich auf der Insel aufhielten, am Strand Drogen konsumierten und ihre kontaminierten Spritzen und Kanülen einfach liegen ließen. Nicht auszudenken, wenn Kinder damit gespielt hätten, oder sich jemand an den Kanülen verletzt hätte. Ein riesiger Wirbel wäre die Folge gewesen. Blutproben, Laboranalysen, bei einem positiven Ergebnis wäre Langeoog in die Schlagzeilen gekommen.

Noch konnten sie nicht ermitteln, wo diese Leute sich aufhielten. Anfragen in den Hotels und Pensionen verliefen negativ, blieben nur die Ferienwohnungen. Nur, da gab es viele. In der Vergangenheit hatte Kathrin Hansen sich puncto Drogen nie Gedanken gemacht. Warum auch. Drogen auf Langeoog, das passte einfach nicht. Doch die Zeiten hatten sich geändert. Drogen wurden legalisiert, gesellschaftsfähig. Zum ersten Mal wurde Kathrin Hansen bewusst, dass die Insel nicht verschont bleiben würde. In dem aktuellen Fall fragte sie sich, warum die Süchtigen sich Langeoog ausgesucht hatten. Es gab bekannte Inseln, von denen man wusste, dass dort einiges abging. Dort war die eigentliche Szene für solche Leute.

Ihr schoss ein Gedanke durch Kopf.

Manni!

Oder genauer: Manfred Hamacher.

Er könnte Junkies aus seiner Kölner Clique auf die Insel schicken. Erfahrene Fixer, die wussten, wie man Stoff unter die Leute bringt. Junge Leute, die sich an die jüngere Generation der Urlauber heranmachen sollten. In dem Zusammenhang fragte sich Kathrin Hansen, ob sie damit rechnen mussten, dass Hamacher auch Frauen auf die Insel bringen würde. Frauen, die sich prostituierten und Drogen an den Mann brachten. Das Geschäftsmodell, das Hamacher in Köln durchzog. Ob dabei der Rumäne bereits seine Hände im Spiel hatte, würde sich zeigen. Dass er in der Disko dem jungen Paar Drogen andrehen wollte, sah Kathrin Hansen eher so, dass der Mann sich nebenher etwas verdienen wollte. Für ihn dürften die 50.000 Euro, die Hamacher in seinem Rucksack mit sich herumschleppte, interessanter sein.

Was für ein Morast, dachte Kathrin Hansen und freute sich, als sie eine mehrköpfige Familie sah, die zwei Strandkörbe aneinanderschoben, Decken für die Kleinen ausbreiteten und ihre

Rucksäcke auspackten. Dem besorgten Getue um die Kleinen herum mussten es sich bei den älteren Personen um Oma und Opa handeln. Liebe Feriengäste, für die sich Langeoog immer aufs Neue herausputzte.

Mit Blick auf die Uhr stand Kathrin Hansen auf, überlegte, ob sie noch zu Hindrik in die Praxis gehen sollte, und fuhr direkt in die Dienststelle.

44. KAPITEL

Ihre Kollegen saßen am Besprechungstisch und blickten auf die Tagesausgabe des Insel Report. Kathrin Hansen runzelte die Stirn. Solch ein Anblick war selten und bedeutete in der Regel nichts Gutes.

»Moin, was gibt es denn so Spannendes?«, sagte sie und spinkste Friedrichs über die Schulter. »*Kiek In*, der neue Treffpunkt für alle, die am Abend etwas erleben wollen«, sprang ihr als Schlagzeile entgegen. Darunter folgte die Beschreibung der Location. Kathrin Hansen hatte keine Lust, sich das durchzulesen und meinte, ob einer den Laden kennen würde.

»Ein Kumpel von mir war bei der Eröffnung dort«, äußerte sich Friedrichs, »er meinte, es wäre echt krass gewesen.«

»Echt krass, heißt was genau?«

»Volle Hütte, geile Musik, zur Begrüßung ein kostenloser Drink. Doch der Hammer war die DJ. Eine Braut, die so richtig die Jungs scharf gemacht hat. Jan meinte, die müsste ich mir mal ansehen.« Der Tritt, den Maike Jansen ihm unter dem Tisch verpasste, steckte Friedrichs mit einem Grinsen weg.

»Genau das haben Freunde von mir, die dort gewesen sind, auch gesagt«, äußerte sich Ava Sari. »Meine Freundin meinte, das Ganze wäre eine einzige Anmache. Sie würde da nicht mehr hingehen.«

»Anmache, was hat sie damit gemeint?«, hakte Kathrin Hansen nach.

»Nun, es war nicht nur die DJ, die freizügig ihre Möpse zeigte, es müssen auch Frauen dort gewesen sein, die sich an Männer herangemacht haben. Meine Freundin hat beobachtet, dass die eine oder andere mit einem Mann verschwand und dann plötzlich wieder auftauchte.«

»Heißt das, Prostituierte treiben sich im *Kiek In* herum?«

»Zumindest hatte meine Freundin diesen Eindruck.«

Kathrin Hansen wandte sich an Friedrichs.

»Olli, die Dünenarkade war doch lange Zeit geschlossen, weißt du, was sich da verändert hat?«

Keine Ahnung, ich habe nur gehört, dass eine Immobilien Gruppe den gesamten Komplex gekauft und umgebaut hat. Monatelang konnte man die Baumaßnahmen sehen, wenn man dort vorbeifuhr.«

»Stimmt, das ist mir auch aufgefallen. Aber das sollten wir genauer wissen.« Kathrin Hansen griff zum Handy. Hannes Jobs war direkt an der Strippe. Sie erklärte ihm, worum es ging und erfuhr, dass die gesamte Immobilie in Appartements aufgeteilt wurde. Hochmodern ausgestattet, aber nicht gerade billig. Investitionsobjekte. Und sie wären alle verkauft. Es gäbe in dem Haus ein Schwimmbad, mehrere Saunen und wie er gehört hätte eine richtig coole Bar. Ein Konzept, das gut ankäme.

»Aber du selbst hast damit nichts zu tun?«

»Nein. Anfangs hatte ich dem Unternehmen angeboten, als Makler für sie tätig sein zu wollen, bekam jedoch eine Absage. Im Vorfeld hätten sie bereits alle Objekte verkauft, wurde mir gesagt. Bis heute weiß ich nicht, wer hinter dieser Immobilien Gruppe steckt. Ein deutsches Unternehmen scheint es nicht zu sein.«

»Hannes, in dem Haus muss es eine Verwaltung geben, kennst du da jemand?«

»Nein. Nach der geschäftlichen Absage habe ich keinen Kontakt mehr gehabt. Aber Kathrin nochmals vielen Dank, dass du mich Simone Kelter empfohlen hast. Das mit dem Verkauf des Hauses in der Gartenstraße hat super geklappt. In drei Tagen ist der Notartermin.«

»Hannes, das freut mich. Simone ist überglücklich, dass sie ihr Traumhaus gefunden hat. Also alles gut.«

Nach dem Gespräch blickte Kathrin Hansen ihre Kollegen an. In ihrem Kopf setzte sich ein Gedanke fest, der sie kribbelig machte.

»Wir müssen wissen, was es mit diesem *Kiek In* und den Appartements auf sich hat«, sagte sie, und blickte zu ihrem Stellvertreter hin.

45. KAPITEL

Kathrin Hansen las gerade die Meldung eines erbosten Feriengastes, der sich aufregte, dass Radfahrer während der Sperrzeit durch die Barkhausenstraße fuhren, als Felix Kamp anrief. Er hatte mit anhören können, dass Dumitru einen Anruf erhalten hatte, bei dem es um eine Lieferung ging, berichtete er. Mit der Fähre um 18.30 Uhr würde ein schwarzer Trolley am Bahnhof Langeoog ankommen. Die Gepäcknummer würde noch durchgegeben. Im weiteren Verlauf des Gesprächs hatte Kamp erfahren, dass eine Woche später eine größere Lieferung durch einen Kurier erfolgen sollte.

»Felix, das ist eine schlechte und eine gute Nachricht«, äußerte sich Kathrin Hansen. Die schlechte Nachricht ist, dass im großen Stil Drogen auf die Insel kommen, die gute Nachricht ist, dass wir davon wissen. Übrigens, der Kollege in Bensersiel, der die Gepäckannahme überwacht, ist der informiert?«

»Ja. Er wird sich auf die Person, die einen schwarzen Trolley aufgibt, ohne mit der Fähre zu fahren, konzentrieren. Im Hafengelände ist ein zweiter Kollege, der Fotos macht und versucht, an der verdächtigen Person dranzubleiben.«

»Sehr gut. Wie sieht euer Plan aus?«

»Mein Kollege Lanz und ich sind am Bahnhof, wenn die Gepäckcontainer geöffnet werden. Bleiben aber im Hintergrund. Wir wollen sehen, was mit dem Stoff geschieht. Vermutlich nehmen Dumitru und sein Kumpel den Trolley mit zu ihrem Haus, es kann aber auch anders laufen. Jedenfalls sind wir auf alles vorbereitet.«

»Okay. Habt ihr sonst etwas von Gesprächen im Haus auffangen können, das für unsere Ermittlungen relevant ist?«

»Nur, dass sie sich am Abend mit dem Deutschen, so nannten sie ihn, treffen wollen. Er bekommt den Stoff, sie die Kohle.«

»Wo soll das Treffen stattfinden?«

»Wissen wir nicht, aber wir werden sie observieren. Übrigens haben wir von beiden Männern Proben für eine DNA. Im Haus gibt es zwei Bäder. War also kein Problem.«

»Klasse, Felix, so werden wir bald wissen, ob die beiden an den Morden der Frauen beteiligt waren. Aber nochmal zu der Übergabe des Stoffes an den Deutschen. Ich werde dabei sein. Sobald es los geht, rufst du mich an. Wir werden dann entscheiden, wie es weitergeht.

Und Felix, noch etwas anderes. Ihr hört doch die Telefongespräche mit, die Dumitru und sein Kollege führen. Könnt ihr die Gespräche aufzeichnen?«

»Klar, können wir, bringt aber nichts, die Typen reden in ihrer Landessprache, also rumänisch oder russisch.«

»Okay, aber dann doch noch eine ganz blöde Frage. Ich habe kürzlich gehört, dass mittels KI Gespräche übersetzt werden können. Verfügt ihr über ein solches Programm?«

»Wir nicht, für unsere IT Abteilung dürfte das jedoch kein Problem sein. Sollen wir denen die Aufzeichnungen rüberschicken?«

Einen Moment überlegte Kathrin Hansen und entschied zu warten, bis weitere Ergebnisse vorlägen. Abschließend hörte sie noch nach, ob Kamp und sein Kollege alles hätten, was sie benötigten. Lachend meinte Kamp, mittlerweile bekämen sie Vollpension, und nachmittags gäbe es von Tante Luise ein Stück selbstgebackenen Kuchen. Für die alte Dame waren sie die Jungchen, die sie betütteln konnte. Er und sein Kollege hatten schon angefragt, ob sie mit ihren

Familien Urlaub bei ihr machen könnten. Also alles in bester Ordnung, und Kathrin Hansen möchte doch Friedrichs ausrichten, dass er eine super tolle Tante hätte.

Nach dem Gespräch lehnte Kathrin Hansen sich im Bürostuhl zurück und überdachte die Situation.

Priorität hatte die Festnahme der Mörder von Tanja Feldbusch und Helene Sinter. Fiel der DNA-Abgleich von dem Rumänen oder dem Weißrussen positiv aus, würden sie diese festnehmen. Unabhängig von der Drogenermittlung. Wobei das eine mit dem anderen verknüpft sein konnte. Bei negativen Ergebnissen wäre mit hoher Wahrscheinlichkeit Hamacher der Mörder. Hamacher, ein Schatten, der überall auftaucht und wieder verschwindet.

Doch verschwindet die Sonne, verschwindet auch der Schatten, ging es Kathrin Hansen durch den Kopf.

Für die nächsten Tage war bedecktes Wetter angesagt.

46. KAPITEL

Da jeden Moment Felix Kamp sich wegen der Übernahme des Drogenkoffers melden konnte, überlegte Kathrin Hansen, was sie in der Zeit erledigen könnte. Sie dachte an Friedrichs und Maike Jansen, sie hatten früher Feierabend gemacht, weil sie am Abend im *Kiek In* sein würden. Getrennt, als Single, die nach einem ruhigen Tag am Strand etwas erleben wollten. Maike Jansen hatte den Vorschlag gemacht, sie wollte checken, ob es dort wirklich so heiß zuging, wie gesagt wurde. Ob Drogenhandel und Prostitution sich dort eingenistet hatten. Friedrichs war von dieser Idee nicht gerade begeistert gewesen, lieber hätte er sich ein Bierchen in seiner Stammkneipe getrunken, doch er musste mit. Um zwanzig Uhr wollten sie dort sein. Kathrin Hansen hatte unter der Bedingung zugestimmt, dass sie alle zwanzig Minuten über WhatsApp ihr ein Icon schickten.

Daumen hoch, alles okay.

Daumen quer, kritische Situation.

Daumen runter, gefährliche Lage.

In diesem Fall hatten sie Anweisung, das *Kiek In* sofort zu verlassen.

Ein mulmiges Gefühl hatte Kathrin Hansen schon und wäre eigentlich auch vor Ort. Als Urlauberin, die sich an der Bar einen Absacker genehmigte. Doch die Übergabe des Drogenkoffers änderte die Situation. Sie blickte auf die Uhr, nahm das Handy und rief Felix Kamp an.

Er meldete sich nicht.

Sie tippte die Nummer seines Kollegen Lanz ein, keine Reaktion.

Verdammt, was ist da los, wir sollten doch in ständigem Kontakt bleiben, dachte sie, als eine SMS einging.

»Sind am Bahnhof. Können nicht reden. Melden uns.«

Erleichtert atmete Kathrin Hansen auf. Es ging los. Jetzt musste sich zeigen, wem der Rumäne die Drogen übergeben würde. Hatte sie Pech, geriet sie in eine Warteschleife, die sich bis in den Abend hinziehen konnte. Sie stellte sich darauf ein, sofort reagieren zu können, nahm aus dem Schrank ihre Waffe, überprüfte sie und steckte sie in ihrer Umhängetasche. In dem Moment bemerkte sie Ava Sari, die ins Büro gekommen war und auf die Tasche zeigte.

»Kathrin, du nimmst die Waffe mit, muss ich mir Sorgen machen?«

Kathrin Hansen winkte ab und erklärte, dass sei reine Vorsichtsmaßnahme. Sie habe nicht vor, sich auf eine Auseinandersetzung einzulassen. Sie würde im Hintergrund bleiben.

»Aber bei dem Plan, dass Maike und Olli ins *Kiek In* gehen, bleibt es, oder?«

»Ja, doch ich weiß nicht, ob ich dort sein werde, das hängt davon ab, wie lange ich mit den Kollegen unterwegs bin.«

Ava Sari überlegte einen Moment und nickte.

»Ist schon okay. Mach dir keinen Stress. Ich gehe ins *Kiek In* und werde die beiden im Auge behalten.« Jeder, der die junge, zierliche Taiwanerin nicht kannte, würde denken, die spinnt. Kathrin Hansen wusste es besser. Ava Sari war in ihrem Heimatland mehrfache Landesmeisterin im Kampfsport. Mehrfach schon hatte sie bei sexistischen Übergriffen auf der Insel als Lockvogel fungiert. Nun, die Dreckskerle, die gemeint hatten, sie mal so eben flachlegen zu können, mussten mit Knochenbrüchen und zerquetschten Eiern behandelt werden. Trotzdem, Kathrin Hansen fühlte sich wie eine Glucke, die Sorgen um ihre Küken hatte.

»Ava, du kannst dort nicht hingehen. Wir brauchen dich in der Dienststelle. Über dich läuft die Koordination der Aktion.«

»Kathrin, kein Problem. Ich habe mein Handy mit dem Desktop im Büro gekoppelt. Heißt, ich bekomme alles mit und kann alles regeln.

Also, alles läuft bestens.«

47. KAPITEL

Kathrin Hansen beendete das Gespräch und überdachte die Situation. Kamp hatte gerade gemeldet, dass Dumitru am Bahnhof einen schwarzen Trolley aus dem Gepäckcontainer 14 genommen hatte. Jetzt waren er und Stojka auf dem Weg zu ihrem Ferienhaus. Das hieß für Kathrin Hansen warten, bis Kamp sich wieder meldete. Eine Situation, die sie hasste. Sie dachte an das *Kiek In* und an die Appartements in den Dünenarkaden. Oft genug war sie während der Bauzeit dort vorbeigefahren, doch wie es da aussah, hatte sie nicht mitbekommen. Für den Fall, dass sie Festnahmen durchführen mussten, war es jedenfalls von Vorteil, die Örtlichkeiten zu kennen. Sie beschloss, sich das Haus von außen näher anzusehen.

Sie informierte Ava Sari, verließ die Dienststelle und fuhr mit dem Bike in Richtung Oststrand. Von weitem wirkte die graue klotzige Dünenarkade neben dem Hospiz Kloster

Loccum wie ein Fremdkörper. Wie man für so ein nicht stilgerechtes Gebäude auf der Insel eine Baugenehmigung erteilen konnte, war Kathrin Hansen schleierhaft. Zur Südseite hin gab es ein Bistro mit langgestreckter Terrasse, die gut besetzt war. Sofort fiel Kathrin Hansen das weibliche Servicepersonal auf, das in kurzen roten Shorts die Gäste bediente. Hübsche Asiatinnen mit einem langen schwarzen Haarzopf und einem festgefrorenen Lächeln auf dem Gesicht. Kathrin Hansen überlegte, ob sie einen Kaffee trinken sollte, verwarf den Gedanken jedoch. Wenn Felix Kamp anrief, musste sie sofort reagieren können. Stattdessen fuhr sie an dem Gebäude vorbei in Richtung Höhenweg und befand sich Minuten später auf der Rückseite der Dünenarkade. In der gesamten Breite des Baukörpers reihte sich ein Appartement an das andere. Durch die großen Fensterflächen hat man bestimmt einen tollen Blick auf das Meer, dachte Kathrin Hansen. Trotzdem hätte sie dort nicht wohnen wollen, es war ihr alles zu glatt, zu unpersönlich. Allerdings konnte sie sich vorstellen, dass so ein Appartement, als luxuriöses Ferien-Domizil vermietet, ordentlich Kohle brachte.

Ihr Blick blieb an dem Penthouse hängen, dass die Hälfte der Dachfläche einnahm. Die

Rückseite zum Meer hin war zur Hälfte verglast, auf der anderen Seite standen Palmen, unter denen sich eine Terrasse erstreckte. Palmen auf Langeoog, dachte sie kopfschüttelnd, wie abgefahren ist das denn. Ihr ging durch den Kopf, dass der Makler meinte, die Immobilien Gruppe, denen die Dünenarkade gehörte, wäre kein deutsches Unternehmen. Nun, Kathrin Hansen konnte sich vorstellen, dass Asiaten dahinterstanden. In dem Moment bemerkte sie, dass ein hochgewachsener Mann mit Strohhut und Sonnenbrille und eine Frau in einem bunten Strandkleid auf die Terrasse kamen. Ihren Gesten nach zu urteilen war eine heftige Diskussion im Gange. Kathrin Hansen ärgerte sich, dass sie kein Fernglas dabeihatte. Doch auch so bekam sie mit, dass die Diskussion eskalierte. Plötzlich gab der Mann der Frau eine so heftige Ohrfeige, dass sie taumelte. Er riss sie an den Haaren und schrie ihr ins Gesicht. Was ist denn da los, schoss es Kathrin Hansen durch den Kopf, als der Mann die Frau von sich stieß, diese sich über das Gesicht wischte, vor ihm hinkniete und sich mehrmals bis zum Boden verneigte. Eine Unterwerfungsgeste.

Kathrin Hansen hätte kotzen können.

Sie bemerkte den langen schwarzen Haarzopf, der seitlich über die Schulter der Frau fiel und ihr wurde klar, dass sie es mit Menschen zu tun hatte, die nun gar nichts Gemeinsames mit Ostfriesland hatten. Generell war Kathrin Hansen eine Verfechterin einer bunten Gesellschaft, doch was das Flair der Insel anging, kannte sie keine Kompromisse. Die Feriengäste kamen wegen des ostfriesischen Tatsch auf die Insel. Sie liebten die etwas spezielle Art der Insulaner, ihre einfache, aber solide Lebensweise, den Matjes, das typisch Ostfriesische. Sie wollten keinen Döner an jeder Ecke, keine asiatischen Restaurants, kein Halligalli, wie auf so manch anderer Insel.

Verdammt, ging es ihr durch den Kopf, wie konnte es passieren, dass ich nicht mitbekommen habe, was sich in den Dünenarkaden abspielt.

48. KAPITEL

Über das Geschehen noch ganz in Gedanken fuhr Kathrin Hansen nach Hause. Sie hatte keine Vorstellung, wie die Observierung von Dumitru ablaufen würde, doch Fernglas, Taschenlampe und eine dicke Jacke wollte sie dabeihaben. Sie ärgerte sich, dass sie den Mann auf der Terrasse des Penthouse nicht hatte erkennen können. Nochmal sollte ihr das nicht passieren. Gerade hatte sie alles in eine Fahrradtasche gepackt, als Felix Kamp anrief.

»Es geht los, die beiden verlassen das Haus. Sie gehen in Richtung Hauptstraße.«

»Haben die den Trolley dabei?«

»Dumitru hat ihn. Er und Stojka machen einen auf Urlauber. Beide sind salopp gekleidet, jeder trägt einen Rucksack, wobei ich vermute, dass in denen nicht nur heiße Luft ist.«

»Felix, du glaubst, die haben Waffen dabei?«

»Garantiert.«

»Okay, denke ich auch. Die beiden dürfen auf keinen Fall ahnen, dass sie beschattet werden. Und schon gar nicht darf es zu einem Konflikt kommen. Für uns ist nur wichtig zu erfahren, wer der Mann ist, dem sie den Stoff bringen. Haben wir Glück, führen sie uns zu Hamacher. Danach werden wir entscheiden, wann und wo wir Dumitru und Stojka festnehmen. Felix, du sagst, die beiden gehen in Richtung Hauptstraße, ich werde ihnen auf der Barkhausenstraße entgegenkommen. Gehen sie zum Wasserturm, werde ich das sehen. Felix, wir bleiben in Kontakt.«

In die Fahrradtasche steckte Kathrin Hansen noch eine Flasche Wasser, verließ das Haus und fuhr mit dem Bike zur Barkhausenstraße. Da es noch keine zwanzig Uhr war musste sie absteigen und zu Fuß gehen. Sie hatte sich ein Sweatshirt angezogen, auf dem Kopf eine Schirmkappe, und war eine der vielen Urlauberinnen, die unterwegs waren.

Fast schon am Ende der Barkhausenstraße kamen ihr Dumitru und Stojka entgegen. Dumitru zog den Trolley hinter sich her, sein Kollege Stojka ging einige Schritte hinter ihm und schien ständig die Umgebung zu mustern. Instinktiv spürte Kathrin Hansen, dass dieser Mann auf Gewalt getaktet war. Den Kopf gesenkt schob sie das Bike an beiden vorbei und bemerkte, dass Stojka sie anstarrte. Sie spürte die Kälte, die von ihm ausging und konnte sich vorstellen, wie dieser Mann mit Frauen umging, die nicht das taten, was er verlangte. Nach einigen Metern blieb sie stehen und nickte Kamp zu, der an ihr vorbeiging. Sein Kollege auf der anderen Straßenseite schien sich für die Auslagen der Geschäfte zu interessieren. Gut, dann mache ich das Schlusslicht, dachte sie.

Da es langsam frisch wurde, nahm sie aus der Fahrradtasche eine Jacke und zog sie über. Das Fernglas steckte sie griffbereit in die Seitentasche und folgte auf Sichtweite den Männern. Als kurz vor dem Kiebitz Weg der Rumäne links in einen Nebenweg ging, ahnte Kathrin Hansen, wohin er wollte.

49. KAPITEL

Es war dunkel, sie saß auf einer der Bänke, die großzügige Urlauber gestiftet hatten. Das Licht einer Laterne, die wenige Meter entfernt stand, reichte nicht bis zu ihr hin. Sie war unsichtbar, eine Situation, wie sie passender nicht sein konnte. Dagegen hatte sie das Penthouse auf dem Dach der Dünenarkade voll im Blickfeld. Bunte Lampions in den Palmen leuchteten wie Kugeln an einem Weihnachtsbaum, gedimmtes Licht tauchte die Terrasse in eine schummerige Atmosphäre. Kitschig, aber der es mag, wird sich dort wohlfühlen, dachte Kathrin Hansen. Noch war nichts los da oben. Mit dem Fernglas konnte sie beobachten, dass Servicepersonal hin und her lief, Kühlbehälter auf die Bar verteilten, einen Tisch mit Geschirr, Gläsern und Schalen mit Früchten eindeckten. Offenbar war eine Party angesagt. Und sie saß hier, nicht weil Fakten sie dazu gezwungen hatten, sondern weil ihr Bauchgefühl es so wollte.

Felix Kamp hatte gemeldet, dass Dumitru mit dem Trolley in die Dünenarkade verschwunden war, während der Weißrusse draußen auf der Terrasse saß und sich Wasser und Wodka hatte kommen lassen. Kamp selbst saß im Foyer an der Bar, war Urlauber, und hatte alles im Blick. Zumindest, was sich unten abspielte.

Kathrin Hansen gefiel nicht, dass der Weißrusse wie ein Wachhund auf der Terrasse saß. Solche Leute waren Gefahren gegenüber hochsensibel. Er könnte wegen Kamp misstrauisch werden. Alles hing davon ab, wie lange Dumitru brauchte, um mit dem Deutschen das Geschäft abzuwickeln.

In dem Moment tat sich etwas im Penthouse, dass die Aufmerksamkeit von Kathrin Hansen in Anspruch nahm. Zwei Personen kamen auf die Terrasse. Durch das Fernglas konnte sie die Männer deutlich erkennen.

»Treffer«, murmelte sie, als sie Dumitru erkannte.

»Volltreffer«, knurrte sie, als sie erkannte, dass der hochgewachsene Mann neben ihm kein anderer als Hamacher war. Sieh an, unser Manni aus Köln, schoss es ihr durch den Kopf. Sie konnte es nicht fassen, dass dieser Mensch sich hier festgesetzt hatte, ohne dass sie oder einer ihrer Kollegen das mitbekommen hatten. Und dass dieser Scheißkerl dann noch einen auf Guru machte, vor dem die Frauen sich auf den Boden warfen, war unglaublich.

Hamacher führte Dumitru auf der Terrasse rund und zeigte auf einige Dinge, die er wohl für besonders interessant hielt. Hin und wieder nickte Dumitru begeistert, offensichtlich waren beide ein Herz und eine Seele. Nun, bekanntermaßen stank Geld nicht, beide profitierten von dem dreckigen Geschäft des anderen. Hätte jemand noch vor Tagen Kathrin Hansen gesagt, was sich hier abspielen würde, hätte sie das als etwas völlig Unmögliches abgetan. Zwei brutale Morde an jungen, schwangeren Frauen, Drogenhandel und Prostitution, Kathrin Hansen kam sich vor wie eine Ermittlerin, die in dem Sumpf einer Großstadt herumstocherte.

Dabei standen sie und Hindrik kurz vor der Eröffnung seiner Praxis und ihres Ferienapartments. Säulen, die ihr zukünftiges Leben prägen sollten. Ein Zuhause für ihre Kinder.

Kinder!

Bei dem Thema wurde Kathrin Hansen so langsam ungeduldig. Sie fragte sich bereits, ob sie schon zu alt wäre, weil sich noch nichts entwickelte. Es wurde Zeit, dass sie in die Pötte kamen.

Sie beobachtete, dass die Männer sich in Korbsessel setzten und wie hin gebeamt zwei asiatische Schönheiten neben ihnen auftauchten und ihnen Drinks reichten. Den Flöten nach zu urteilen, musste es sich um Champagner handeln.

Bei der Vorstellung, dass diese Männer Drogen, Prostitution und Gewalt auf die Insel brachten, stieg Wut in Kathrin Hansen hoch. Solche Leute waren tatsächlich in der Lage in kürzester Zeit nicht nur Personen zu gefährden, sondern auch den guten Ruf der Insel zu beschädigen. Etwas, das nicht so einfach rückgängig zu machen war. Dreck klebte bekanntlich besonders fest.

Um nachzusehen, ob das Ergebnis der DNA Analysen von Dumitru und Stojka schon vorlag, blickte sie auf ihr Handy. Doch außer Icons von Maike Jansen und Friedrichs mit Daumen nach oben, war nichts eingegangen. Abwartend, ob sich im Penthouse noch etwas Interessantes entwickelte, beobachtete sie weiter die Szene, beschloss jedoch nach einer Weile es aufzugeben. Um abzustimmen, wie sie weiter vorgehen würden, wollte sie Felix Kamp eine SMS schicken, als sie sah, dass Dumitru und

Hamacher sich aus den Korbsesseln erhoben, Hamacher seinen Besucher freundschaftlich umarmte und beide die Terrasse verließen. In dem Moment meldete sich Kamp.

»Kathrin, ich bin hinter dem Weißrussen her«, sagte er mit gedämpfter Stimme. »So, wie ich das sehe, will er ins *Kiek In*. Jedenfalls geht er darauf zu. Was sollen wir machen?«

Kathrin Hansen überlegte kurz, ob es sinnvoll wäre, dass Kamp und sein Kollege ins *Kiek In* kommen sollten, beschloss dann aber, dass es besser wäre, sie blieben im Hintergrund.

»Felix, wenn Stojka ins *Kiek In* geht, wird auch Dumitru dort gleich auftauchen. Meine Kollegen sind bereits da und ich werde auch gleich dort sein. Es wird ein langer Abend, an dem wir nur beobachten können, was da abgeht. Also, du und dein Kollege Lanz macht Schluss, bleibt aber erreichbar.«

50. KAPITEL

Nachdem Kathrin Hansen ihr Bike mitten zwischen den anderen Rädern sicher abgestellt hatte, ging sie zum *Kiek In*. Der Eingang befand sich auf der Rückseite der Dünenarkade, nahe dem Höhenweg. Ein Mann wie ein Kantholz musterte sie abschätzend und winkte sie wortlos durch. Im Inneren der Location blieb Kathrin Hansen stehen. Sie hatte erwartet von greller Musik vollgedröhnt zu werden und war über die gedämpfte Atmosphäre überrascht. Bei leiser Schmusemusik schoben sich Paare über die Tanzfläche, auf einem Podest arrangierte eine DJ die Zusammenstellung der Musikstücke. Jung, grell geschminkt, Haare violett orange gefärbt, mit einer offenen Bluse, die mehr zeigte, als verdeckte, konnte Kathrin Hansen sich gut vorstellen, dass die Frau das Publikum so richtig in Stimmung bringen konnte.

Neben Kathrin Hansen tauchte eine bildhübsche Asiatin auf, lächelte sie an und fragte, ob sie alleine wäre, oder ob eine Begleitperson dazukäme. Kathrin Hansen überging die Frage und erwiderte, sie würde an die Bar gehen. Am Kopfende setzte sie sich so, dass sie das Umfeld im Blick hatte, winkte dem Barkeeper und bestellte einen trockenen Weißwein. In rundum laufende Wandnischen gab es bequeme Sitzgruppen, in denen überwiegend Paare saßen, vereinzelt auch Männer verschiedenen Alters. Kathrin Hansen blickte auf der Tanzfläche und erstarrte.

Engumschlungen tanzten Maike Jansen und Ava Sari im Rausch der Musik. Ihre Körper wiegten sich im seichten Rhythmus, schmiegten sich aneinander. Zwei verliebte junge Frauen, die von ihrer Umwelt nichts mitbekamen.

Wow, schoss es Kathrin Hansen durch den Kopf. Meine Mädels haben es echt drauf. Beide hatten sich so richtig schick gemacht. Wie abgesprochen trugen sie schwarze, enganliegende Jeans, grüne Polos, und rote Schuhe. Knallrot geschminkte Lippen und mit Mascara schwarz gefärbte Augen waren der Knaller on top. Nur Ava Sari trug um ihren Hals noch eine feuerrote Korallenkette. Kathrin Hansen entging nicht, dass sie von einigen Männern wie hypnotisiert angestarrt wurden.

Sie trank einen Schluck Wein, beobachtete die beiden und war überrascht über ihre schlummernden Talente. Solche Frauen hätten auf dem Festland Karriere machen können, ging es ihr durch den Kopf. Stattdessen hatten sie sich für das Leben auf der Insel entschieden. So wie sie selbst.

Heute noch stand ihr vor Augen, wie Kölner Kollegen sie ungläubig angeblickt hatten, als sie das von ihrer Versetzung erfuhren. Sie, die sich während ihrer Zeit bei der Mordkommission mit den brutalsten Typen angelegt hatte, die in einer Spezialausbildung bei der GSG als eine der besten galt, ging von heute auf morgen auf eine Insel, wo sie höchstens Wattwürmern ein Knöllchen schreiben konnte. Sie blickte zu ihren Kolleginnen hin, die zu ihrem Tisch gingen. Heiße Bräute, an denen Dealer, die es auf Opfer abgesehen hatten, nicht vorbeikamen.

Am Ende der Bar sah sie Friedrichs sitzen. Dem Ostfriesen war es anscheinend schied egal, ob in diesem Establishment darauf gekuckt wurde, das Drinks bestellt wurden, die ordentlich Kohle in die Kasse brachten, er hatte ein Bier vor sich stehen. Belustigt dachte Kathrin Hansen, was in seinem Kopf wohl vorgegangen ist, als er seine Lebensgefährtin als heiße Lesbe erlebte.

232

In dem Moment kam eine attraktive Frau herein, fixierte die Gäste, blickte zur Bar und setzte sich neben Friedrichs. Ohne ihn zu beachten bestellte sie ein Glas Sekt, kramte in ihrer Handtasche, nahm ein Handy heraus und tippte etwas ein. Es tat sich wohl nichts und sie zeigte das Display dem Barkeeper. Er zuckte bedauernd mit den Schultern und putzte weiter Gläser. Innerhalb weniger Minuten blickte die Blondine mehrmals nervös auf ihre Uhr und griff dann sichtlich genervt nach dem Glas Sekt. Ungeschickt stieß sie dabei Friedrichs an und der Sekt spritzte auf seine Hose. Friedrichs sprang vom Barhocker auf, zog ein Taschentuch aus der Hose und wischte die Flüssigkeit ab. Offensichtlich kannte der Barkeeper sich mit solch einer Situation aus. Er reichte der Frau ein Tuch, diese sagte etwas zu Friedrichs und beteiligte sich an der Wischerei. Eine groteske Szene. Belustigt registrierte Kathrin Hansen, dass Maike Jansen auf dem Sprung stand. Nicht mehr lange, und meine Kriminalassistentin geht der Tussi an den Hals, dachte sie.

Offensichtlich war ihre Ungeschicklichkeit der Frau peinlich, sie redete auf Friedrichs ein, fragte ihn etwas und winkte dem Barkeeper. Daraufhin stellte der ein Bier und zwei Schnäpse auf den Tresen und die beiden stießen an.

Okay, dachte Kathrin Hansen, Friedrichs ist schon mal als Opfer auserkoren. Mal sehen, wie es weitergeht. Sie blickte zu Maike Jansen hin, die mit Ava Sari auf ein Handy blickte. Ihre Vertraulichkeit wurde unterbrochen von der DJ, die mit drei Gläsern in der Hand sich zu ihnen setzte. Vom Alter her passte sie zu den beiden und traf offensichtlich direkt den richtigen Ton. Alle drei lachten, stießen an, die DJ zeigte auf ihre Anlage und schien etwas zu erklären. Sie macht eigentlich einen guten Eindruck dachte Kathrin Hansen, und dass sie die Jungs in diesem Schuppen ordentlich einheizte, war ihr Job. Mit Blick zu Friedrichs hin registrierte sie, dass er langsam in die Bredouille kam. Mittlerweile war die Frau ihm hautnah auf den Pelz gerügt, ihre weit geschnittene Bluse war ein verlockendes Angebot für mehr. Sie erzählte, lachte und ja, auch sie machte keinen unsympathischen Eindruck. Sie dürfte kein Problem haben, Männer, die darauf hinaus waren, abzuschleppen. Eigentlich, musste Kathrin Hansen zugeben, lief noch alles ordentlich ab, war jedoch überzeugt, dass es Stunden später wilder zugehen würde.

Mit Blick zum Eingang bemerkte Kathrin Hansen, dass zwei leicht bekleidete Frauen in die Bar kamen, sich umblickten und lässig auf den

Tisch zugingen, an dem Dumitru und Stojka saßen. Bei der Vorstellung, dass eine von ihnen den Weißrussen verwöhnen musste, schüttelte es Kathrin Hansen. Die schreckliche Vorstellung spülte sie mit einem langen Schluck Wein hinunter.

Kaum saßen die Frauen, wurde auch schon eine Flasche Sekt auf den Tisch gestellt und soweit sie beurteilen konnte, für Stojka eine Flasche Wodka und eine Karaffe Wasser. Na, wenn der das Zeug intus hat, möchte ich nicht erleben, wie der die Sau rauslässt, dachte sie angewidert. Sie überlegte, ob sie Friedrichs und ihre Kolleginnen zurückpfeifen sollte, als sie sah, dass die DJ aufstand, sich mit Küsschen hier und Küsschen da, von Maike Jansen und Ava Sari verabschiedete, und auf ihre Anlage zusteuerte. Kathrin Hansen war sich sicher, dass das kleine rote Döschen auf dem Tisch, vor Sekunden dort noch nicht gelegen hatte. Sie bemerkte, dass Maike Jansen es ohne Aufhebens einsteckte und etwas zu Ava Sari sagte. Sekunden später erhielt Kathrin Hansen von Ava Sari eine SMS: Sind hier fertig, was ist mit Olli?

Die Frage erledigte sich im selben Moment, da Friedrichs dem Barkeeper einen Geldschein reichte, zu der Blondine etwas sagte, ihr artig die Hand reichte, und die Bar verließ.

Schnell schickte Kathrin Hansen an Ava Sari die Nachricht, dass sie gehen könnten. Alles andere am Morgen im Büro. Sie selbst trank ihren Wein aus, blickte zu der Blondine hin und war erstaunt, dass sie die Abfuhr von Friedrichs so locker hinnahm. Sie unterhielt sich mit dem Barkeeper, blickte zu den Gästen hin und steuerte kurz darauf auf einen Tisch zu, an dem ein einzelner Mann saß. Gutes Mittelalter, seriös, dicke Brieftasche, garantiert offen für alles, was sie ihm anbieten würde. Kathrin Hansen war sich sicher, dass er für den Ausfall von Friedrichs mitbezahlen würde.

Es war ein langer Tag gewesen, Kathrin Hansen fühlte sich kaputt. So langsam spürte sie auch die Wirkung des Alkohols. Eigentlich hätte sie noch gerne gewusst, ob Hamacher in der Bar aufkreuzen würde, und ihn sich bei dieser Gelegenheit näher angesehen. Doch sie vermutete, dass der Guru seine private Party auf dem Dach der Dünenarkade feierte und sich nicht blicken lassen würde. Kurzum beschloss sie, Schluss zu machen, rechnete mit dem Barkeeper ab, gab ihm ein großzügiges Trinkgeld und versprach, wiederzukommen.

51. KAPITEL

Nach einer unruhigen Nacht wachte Kathrin Hansen am Morgen mit Kopfschmerzen auf. An den zwei Glas Wein, die sie getrunken hatte, konnte es nicht liegen, eher an der stickigen Luft, die im *Kiek In* geherrscht hatte. Sie gönnte sich noch einen Moment, blieb liegen und dachte über den Abend nach. Mit dem Ergebnis war sie zufrieden. Es war anzunehmen, dass in dem roten Döschen, dass Maike Jansen eingesteckt hatte, Drogen waren, Pröbchen für mehr, und dass Friedrichs im Bett einer Prostituierten hätte landen können. Dazu hatten sie den Beweis, dass Hamacher über den Rumänen Stoff in großen Mengen bezog. Bei der Vorstellung, dass diese auf Langeoog konsumiert würden, bekam sie eine Gänsehaut.

Jedenfalls hatten sie nun Fakten, nach denen sie ihre Ermittlungen ausrichten konnten. Für Kathrin Hansen hatte das *Kiek In* keine Zukunft auf Langeoog. Zumindest nicht als

Umschlagplatz für Drogen und als Bordell. Zuversichtlich schwang sie sich aus dem Bett und ging ins Bad.

Hindrik musste geahnt haben, dass an diesem Morgen ein Kaffee vorab angesagt war. Gerade war sie sich am Abtrocknen, als er ins Bad kam, ein fröhliches Moin von sich gab und ihr eine Tasse hinstellte.

»Zum Frühstück gibt es Rührei mit Schinken«, sagte er und war auch schon wieder weg. Belustigt ging ihr durch den Kopf, dass vor dem Frühstück ja auch noch eine Alternative möglich gewesen wäre. Eine Alternative, die ihrer Familienplanung auf die Sprünge hätte helfen können. An diesem Morgen hätte sie nicht nein gesagt. Es kribbelte ihr bei der Vorstellung, in dem Haus die Stimme ihres Kindes zu hören, das Lachen und eine Freude, die nur Kinder ausstrahlen konnten. Stattdessen zog sie Laufsachen an und ging auf die Terrasse, wo es unwiderstehlich duftete. Sie gab Hindrik einen Kuss und schenkte Kaffee ein. Während des Frühstücks erzählte sie über das *Kiek In* und was dahintersteckte. Ungläubig schüttelte Hindrik den Kopf, er konnte nicht verstehen, dass solch ein Milieu sich auf der Insel etabliert hatte.

»Kathrin, um eine Bar, Disko oder wie auch immer wir das *Kiek In* nennen wollen, zu betreiben, bedarf es Genehmigungen. Ein Gewerbe muss angemeldet werden, die Örtlichkeiten werden auf Sicherheit, Toiletten, Fluchtwege und was weiß ich noch alles überprüft, der öffentliche Ausschank von Alkohol ist genehmigungspflichtig.« Hindrik trank einen Schluck Kaffee und blickte sie an.

»Bis jetzt war es doch so, dass die Inselverwaltung bei einem solchen Vorhaben deine Dienststelle informiert hat. Alleine schon, damit ihr ein Auge darauf werft. Wieso ist das hier nicht passiert?«

Stumm nickte Kathrin Hansen, diese Frage hatte sie sich auch schon gestellt.

»Ich fürchte, dass hier etwas schiefgelaufen ist.«

»Schiefgelaufen, oder musst du dir Gedanken machen, ob jemand geschmiert wurde?«

»Puh. Darüber will ich jetzt nicht nachdenken. Für uns steht jetzt erst einmal an, dass wir die Mordfälle aufklären. Noch heute erwarte ich das Ergebnis eines DNA-Abgleiches. Ist er eindeutig, müssen wir uns Gedanken machen, wie wir dieses Monster auf der Insel festnehmen können. Ohne, dass gleich alles in Panik fällt oder die Presse davon Wind bekommt. Eine echte Herausforderung. Danach werden wir uns das *Kiek In*, und alles was mit ihm zusammenhängt, ansehen.« Kathrin Hansen dachte an Hamacher, an den Guru, dem sich Frauen zu Füßen warfen. Es wurde Zeit, dass sie diesen durchgeknallten Kriminellen hinter Gitter brachte. Wegen seines Eindringens in das *Haus der Hilfe für Mutter und Kind* hätte sie ihn zwar festnageln können, doch das hätte ihn gewarnt und nichts gebracht.

Sie blickte zu Hindrik hin und fragte, ob er mit eine kleine Runde laufen würde.

Bedauernd lehnte er ab.

»Geht leider nicht, gleich kommt ein Pharmavertreter, mit dem ich festlegen werde, welche Artikel für die Praxis-Apotheke bestellt werden müssen.«

Seine Stirn legte sich in Falten.

»Stell dir vor, Medikamente, die bis vor kurzem noch auf Abruf zu bekommen waren, haben jetzt Lieferzeiten bis zu einigen Wochen. Wenn es sie überhaupt noch gibt. Ist doch irre, oder?«

»Tja, die Abhängigkeit der deutschen Industrie hat auch vor der Pharmabranche nicht haltgemacht. Und das Schlimme ist, es geht immer nur ums Geld.« Kathrin Hansen trank den letzten Schluck Kaffee und meinte, dass sie heilfroh sein könnten, dass mit ihrem Bauprojekt alles so gut geklappt hätte. Dann räumte sie mit Hindrik den Tisch ab, ging ins Bad die Zähne putzen, gab Hindrik einen dicken Kuss und machte sich auf den Weg zum Strand. Entsprechend der frühen Tageszeit waren wenige Leute da, die DLRG Truppe war noch nicht vor Ort, nur Fahrzeuge der Strandverwaltung kurvten herum. Es war diese Ruhe, die Langsamkeit der Zeit, die sie schon nach wenigen Minuten in den Entspannungs-Modus zog. Nur das gleichmäßige Rauschen der Wellen hörte sie, die schönste Symphonie, die sie sich vorstellen konnte. Da sie aus Zeitgründen nur eine kleine Runde drehen konnte, lief sie bis zum Surfstrand und dann wieder zurück.

52. KAPITEL

Eine halbe Stunde später betrat sie die Dienststelle und hörte lautes Lachen aus dem Besprechungsraum. Ihre drei Kollegen saßen am Tisch und blickten auf das Laptop von Maike Jansen.

»Moin, ihr seid ja schon gut drauf«, sagte sie und blickte Friedrichs über die Schulter. Auf dem Monitor waren gerade Maike Jansen und Ava Sari zu sehen, die als Liebespaar sich über die Tanzfläche schoben.

»Tja, Olli, jetzt hat Maike endlich ihre große Liebe gefunden«, kommentierte sie grinsend. Lässig winkte Friedrichs ab und meinte, er hätte schon immer gewusst, das mit Maike etwas nicht stimmte. Den kräftigen Fußtritt, den ihm seine Lebensgefährtin verpasste, war deutlich zu hören. Kathrin Hansen zeigte auf die herzförmigen violetten Pillen in dem roten Döschen.

»Konntet ihr schon klären, was es damit auf sich hat?«

»Ja.« Maike Jansen zeigte auf eine Randnotiz. »Noch gestern Abend habe ich das Zeug recherchiert. Es sind Ecstasy oder auch XTC - Pillen. Eine Droge, die massenhaft im Umlauf ist. Das Gefährliche an ihnen ist, dass du vorher nicht sicher weißt, was in so einer Pille drin ist, obwohl sie äußerlich vollkommen identisch sind. Es gibt leichte Drogen, aber auch solche, wo eine einzige Pille tödlich sein kann. Kürzlich erst hat das Kriminalwissenschaftliche Institut eine große Aktion publiziert, um die Leute zu warnen.«

»Maike, verstehe ich das richtig, dass ich jetzt eine der Pillen hier nehmen kann, die mich so richtig in den Himmel der Glückseligkeit katapultiert und ich denke, toll, das ist das richtige Zeugs für gewisse Momente. Doch beim nächsten Mal nehme ich die gleiche Pille und die Wirkung kann eine ganz andere sein.

Kann tödlich sein?«

»Genauso ist es. Wobei wir davon ausgehen können, dass die Drogen von dem Rumänen eher nicht ganz so gefährlich sind. Sie sollen sich ja verkaufen. Fest steht aber, dass derjenige, der diese Dinger regelmäßig nimmt, abhängig wird.

Somit macht Hamacher als Dealer auf Dauer ordentlich Kohle.«

Kathrin Hansen wandte sich an Ava Sari, die im Hinblick des langen Abends erstaunlich frisch und ausgeruht wirkte.

»Ava, schick die Pillen mit der nächsten Fähre ins Labor. Mach ordentlich Druck, wir brauchen das Ergebnis bis zum Nachmittag. Stellen die sich quer, sage dem Kriminalrat Bescheid, der regelt das dann.«

Nervös trommelte Kathrin Hansen auf die Tischplatte. Es fehlte immer noch der Bescheid über die DNA-Analyse. Sie griff zum Telefon, um nachzufragen, als Maike Jansen die Hand hob und meinte, da käme gerade eine Mail rein.

»Institut für DNA Diagnostik, jetzt wird es spannend«, brummte Maike Jansen.

»Also doch dieser Scheißkerl«, knurrte Kathrin Hansen, als sie den Bericht gelesen hatte. »Dumitru und Stojka sind als Mörder von Tanja Feldbusch und Helene Sinter raus.«

Sie drückte ihren angespannten Rücken durch und blickte die Kollegen an.

»Dann ist es also Hamacher.«

Obwohl sie damit gerechnet hatte, musste sie das erst einmal verdauen. Wieder ging ihr durch den Kopf, was die Mutter von Tanja Feldbusch über Hamacher gesagt hatte: »Ein angenehmer

Mann, gepflegt, charmant.« Kathrin Hansen stellte sich vor, wie dieses Monster die Frauen in den Bauch getreten hatte, mit welcher Grausamkeit er die Kinder töten wollte. Ihre Kollegen schienen ähnlich zu empfinden. Betroffen schwiegen sie, mussten das Unvorstellbare verarbeiten.

Herausgerissen aus dem Loch wurden sie von Ava Sari. Entschlossen blickte sie in die Runde.

»Ich besorge etwas von Hamacher, das für eine DNA reicht. Dann wissen wir es ganz genau und können ihn festnehmen.«

Verblüfft blickte Kathrin Hansen sie an und bemerkte die Entschlossenheit in den Augen der Taiwanerin.

»Wie stellst du dir das vor?«

»Alle seine Frauen um ihn herum sind Asiatinnen. Also passe ich dort gut hin. Ich werde mich bei ihm um einen Job bewerben. Um einen heißen Job.

53. KAPITEL

Eine Weile schon diskutierten sie das Vorhaben von Ava Sari, entwickelten Varianten der Durchführung, überlegten sich Eingreifpläne für den Fall, dass sie Ava Sari dort herausholen mussten. Ein Manko war, dass sie das Innere des Gebäudes nicht kannten. Schließlich war es Friedrichs, der eine Möglichkeit sah. Bei seinem Vorschlag, sich die Pläne der Immobilie im Bauamt anzusehen, winkte Kathrin Hansen jedoch ab, weil sie meinte, dass man dann gleich im Insel Report schreiben könnte, dass mit der Dünenarkade etwas faul sei.

Doch Maike Jansen hatte ihre eigene Vorstellung.

»Leute, es geht auch anders. Ihr wisst schon, dass die Baupläne heutzutage alle digitalisiert werden«, meinte sie, nahm ihren Laptop und verschwand in ihr Büro. Mit gerunzelter Stirn blickte Kathrin Hansen ihr hinterher, blickte Friedrichs an, der einen auf stumm mimte.

»Na gut«, sagte sie schließlich, »wenden wir uns den Typen zu, die den Stoff auf die Insel gebracht haben. Dumitru und Stojka. Wir müssen überlegen, wie wir mit denen verfahren, bevor sie die Insel verlassen. Hierzu müssen wir den Kriminalrat einschalten. Sie aktivierte die Festnetzanlage auf Lautsprecher und wählte Heidkamp an. Nach dem fünften Freizeichen hörten sie Geschlürfe, Heidkamp nuschelte etwas, bis er es schließlich geschafft hatte, wie ein normaler Mensch seinen Tee zu trinken.

»Entschuldigt, aber am Morgen sind bei mir alle Nebenhöhlen zu«, sagte er und trank dann noch einen Schluck Tee. Geräuschlos. Wie es sich gehörte.

Kathrin Hansen berichtete über die abendliche Aktion im *Kiek In*, und darüber, dass die Drogendealer als Mörder der Frauen nicht in Frage kämen. Doch dass sie wegen Drogenhandel festgenommen werden könnten.

»Was ist mit den beiden Kollegen, die sie überwachen?«, fragte Heidkamp.

»Die Aktion läuft noch.«

»Gut. Was schlagt ihr vor?«

»Nun, da der Rumäne und der Weißrusse ihren Job erledigt haben, werden sie die Insel verlassen wollen. Von daher können wir hier das Risiko einer Festnahme vermeiden und sie in Bensersiel verhaften. Unsere Kollegen Kamp und Lanz können sie bis dort im Auge behalten.«

»Einverstanden. Ich werde für Bensersiel Leute bereitstellen, Kamp und Lanz werden sich mit denen abstimmen. Haben wir Beweise, die für einen Haftbefehl reichen?«

»Ja. Kamp und sein Kollege haben Aufzeichnungen von ihren Gesprächen und Telefonaten. Es liegen Fotos von der Abgabe des Drogenkoffers in Bensersiel bis zur Abholung in Langeoog vor. Weiterhin über den Transport der Drogen bis in die Dünenarkade durch Dumitru. Wenn auch nicht alles vor Gericht verwendet werden kann, wird es reichen.«

»Das heißt«, Heidkamp hörte sich nachdenklich an, »dass unsere Ermittlungen sich nun auf diesen Hamacher konzentrieren müssen.

In doppelter Hinsicht.

Als Mörder der beiden Frauen und als Macher eines Drogenrings.«

»Da kommt noch etwas hinzu«, warf Kathrin Hansen ein.

»Prostitution.

Im *Kiek In* kann er beides kombinieren. Wie Maike und Ava erlebt haben, schmeißt sich die DJ an die Leute. Sie verteilt Pröbchen, die süchtig machen. Gleichzeitig sind Prostituierte im *Kiek In*, die sich an die Männer heranmachen. Vielleicht auch an Frauen. Wir glauben, dass in der Dünenarkade Appartements für sie reserviert sind.

Ein gelungenes Konzept.

Erst wird in der Bar ordentlich Kohle gelassen, danach wird in ein Liebesabenteuer mit den Damen investiert. Und wenn es ganz gut läuft, gibt es noch Stoff obendrauf.

Noch ist alles im Aufbau, doch so, wie ich es gesehen habe, macht Hamacher das ganz überzeugend. Er versteht es, mit Niveau die Urlauber anzusprechen, die abends auf Vergnügen, Unterhaltung, Sex, aus sind. Ich kann mir gut vorstellen, dass in kürzester Zeit sich eine Stammkundschaft bildet. Begeisterte, die es nach außen weitertragen. Bedeutet, dass nicht nur brave Familien und Gleichgesinnte auf die Insel kommen, sondern auch Vergnügungssüchtige und Sexhungrige.«

»Gott bewahre«, stöhnte Heidkamp.

Sie hörten, wie er sichtlich frustriert in seiner ihm eigenen Art einen Schluck Tee trank. Kathrin Hansen gab ihm Zeit, seine inneren

Kanäle freizubekommen und berichtete, was Ava Sari vorhatte, um Hamacher zu Fall zu bringen.

Offensichtlich hatte Heidkamp Probleme, das zu genehmigen. Es dauerte einen Augenblick, bis er sich dazu äußerte. Eine Weile diskutierten sie Einzelheiten und schließlich gab der Kriminalrat grünes Licht.

»Also gut, machen wir es so, doch wir werden Ava keine Sekunde aus den Augen lassen.« Er erklärte, was er vorhatte, worüber selbst Maike Jansen, die in den Raum kam, meinte, das wäre ja echt geil.

54. KAPITEL

Nach der Besprechung rief Kathrin Hansen Felix Kamp an und informierte ihn über die Entscheidung, Dumitru und Stojka auf dem Festland festzunehmen. Sie konnte bei Kamp die Erleichterung heraushören. Aktuell wäre es so, berichtete er, dass am Morgen Dumitru lange telefoniert hätte. Das Gespräch hatten sie aufgezeichnet und den Kollegen in der Technik zum Übersetzen geschickt. Bevor er weiter berichten konnte, hörte Kathrin Hansen, dass sein Kollege Lanz ihm etwas zurief.

»Kathrin, einen Augenblick, Pieter scheint etwas für uns zu haben.« Sekunden später hörte sie, wie Kamp etwas zu Lanz sagte, und er war dann auch schon wieder in der Leitung.

»Da soll mal einer was über die Jungs in der Technik sagen«, meinte er. »Kathrin, ich habe hier schon die Übersetzung des Telefonats von Dumitru. Ich lese sie dir laut vor.«

In der Kurzfassung war es dann so, dass Dumitru einem Razvan, anscheinend sein Boss, berichtet hatte, dass das Geschäft mit dem Deutschen glatt abgelaufen ist. Die Qualität des Stoffes war okay gewesen und die 50.000 Euro hätten sie kassiert. Nachmittags würden er und Stojka die Insel verlassen. Begeistert hatte sich Dumitru noch über das Penthouse und die scharfen Frauen geäußert. Und das der Deutsche sie für den Abend eingeladen hatte. Alkohol und Frauen gingen auf seine Rechnung. Lachend schob Dumitru nach, dass Stojka immer noch besoffen im Bett liege. Jedenfalls hätten sie mit dem Deutschen einen richtig dicken Fisch an Land gezogen. In vier Wochen sollte die nächste Lieferung kommen. Gleiche Ware, gleicher Preis.

»Kathrin, im Groben war es das. Wir werden am Nachmittag Dumitru und Stojka bis Bensersiel im Auge behalten. Bei der Festnahme sollen wir uns aber raushalten. Heidkamp hat ein Spezialteam zusammengestellt.«

Kamp lachte.

»Schade, ich hätte gerne die Mienen der beiden gesehen, wenn sie die Kohle rausrücken müssen. Ihre Laufbahn als Drogenkuriere dürfte zu Ende sein.«

»Ich glaube, das ist ihr kleinstes Problem. Die stehen danach auf der Abschussliste des Clans.« Kamp bedankte sich noch für die gute Zusammenarbeit und erwähnte, dass sie sich bei Tante Luise wie im Urlaub gefühlt hatten. Und tatsächlich hätten sie für den Herbst die Wohnung mieten können. Ihre Familien würden sich schon riesig darauf freuen.

Erleichtert beendete Kathrin Hansen das Gespräch. Dumitru und Stojka konnte sie abhaken. Sie glaubte nicht, dass sie die Typen je wiedersehen würde.

Mittlerweile war es Mittag, die Aktion mit Ava Sari bei Hamacher war für achtzehn Uhr geplant. Maike Jansen und Friedrichs gingen den Ablauf nochmals durch, prüften, ob es Schwachstellen gab. Von daher beschloss Kathrin Hansen sich um einige private Dinge zu kümmern. Sie ging zu den beiden hin, informierte sie, dass sie am frühen Nachmittag wieder da sein würde und öffnete die Haustür.

Erschrocken blieb sie stehen.

Eine Frau lehnte sich an das Mauerwerk, stöhnte und konnte sich kaum auf den Beinen halten. Augenblicklich packte Kathrin Hansen sie unter dem Arm und führte sie in die Dienststelle.

»Maike, schnell ein Glas Wasser«, rief sie, führte die Frau in den Sozialraum und setzte sie auf einen Stuhl.

»Danke«, flüsterte die Fremde und trank gierig das Wasser. Maike Jansen fragte, ob sie einen Tee oder Kaffee möchte, was sie ablehnte. Trotz der wirren Haaren, dem verschmierten Makeup und dem Bluterguss auf der linken Gesichtshälfte erkannte Kathrin Hansen sie wieder. Sie war eine der Frauen, die sich im *Kiek In* am Abend zu Dumitru und Stojka an den Tisch gesetzt hatten.

»Was ist passiert«, fragte sie, »soll ich einen Arzt rufen?«

»Nein, geben Sie mir ihre Pistole, damit ich das Schwein erschießen kann«, stammelte sie.

55. KAPITEL

Innerhalb weniger Minuten war Dr. Hinksen, der Notdienst hatte, zur Stelle. Nach einer kurzen Untersuchung bestand er darauf, dass Anna Nowak sofort in die Klinik kam. Kathrin Hansen erfuhr von ihr nur so viel, dass sie mit dem Weißrussen Stojka in ein Appartement gegangen war. Dann waren auch schon die Rettungssanitäter da und fuhren sie in die Klinik.

Wortlos blickten Friedrichs und Maike Jansen zu Kathrin Hansen hin, die sich mit einer Tasse an den Tisch zu ihnen setzte. Nachdem sie den Kaffee getrunken hatte, nickte sie bekümmert.

»Als ich im *Kiek In* bemerkt habe, dass Stojka den Wodka flaschenweise soff, hätte ich die Frauen warnen müssen.«

Heftig schüttelte Maike Jansen den Kopf.

»Nein, das hätte nichts gebracht, sondern nur die Aktion gefährdet. Solche Risiken bestehen halt für Prostituierte, die sich mit Männern, wie dem Russen, einlassen. Vielleicht war der es ja auch nicht alleine. Mal sehen, was die Nowak uns auftischt.«

»Ich höre mal, wann wir sie vernehmen können«, sagte Kathrin Hansen und rief die Klinik an. Ihre Bekannte Lena von der Notaufnahme konnte nichts Genaues sagen. Dr. Krüger müsste die Patientin nach der Erstbehandlung noch untersuchen, doch er wäre bei einer OP. Lena versprach, sich zu melden, wenn es soweit wäre. Mit Blick auf die Uhr entschied Kathrin Hansen nach Hause zu fahren. Danach würde sie in der Klinik vorbeifahren. Ob mit, oder ohne ärztliches Endergebnis, sie musste wissen, was zwischen Stojka und der Nowak gelaufen war. Unter Umständen konnte das für Ava Sari wichtig sein.

Noch von der Dienststelle aus rief sie Hindrik an und fragte ihn, was er zu Mittag von einem Matjesbrötchen halten würde. Sie würde dann noch beim Fischhuus und bei der Backstube vorbeifahren. Wie erwartet, gab es keinen Einspruch und er hätte auch nichts gegen eine zusätzliche Fischfrikadelle einzuwenden, meinte Hindrik aufgekratzt.

Kurz darauf saßen sie auf der Terrasse beim Essen. Hindrik hatte ein alkoholfreies Bier auf den Tisch gestellt und berichtete, dass er eine

Anfrage von einer neurologischen Klinik aus Hamburg erhalten hätte. Dort hatte er vor Wochen einen Vortrag gehalten und seine Praxis vorgestellt. Nun wollte die Klinikleitung wissen, ob sie ihn als Psychotherapeuten den genesenden Patienten empfehlen dürften. Gedacht, als eine sanfte Rehamaßnahme auf der gesunden Nordseeinsel.

»Mit strahlenden Augen blickte Hindrik seine Lebensgefährtin an.

»Ist doch toll, oder?

Stell dir vor, wenn ich mit dieser Klinik zusammenarbeite, hätte ich auch im Winter einen festen Patientenstamm.«

»Und von mir können sie das Ferienapartment mieten«, erwiderte Kathrin Hansen angetan. »Hindrik, wir haben noch nicht eröffnet und sind schon fast ausgebucht.« Ein Schleier legte sich über ihre Augen, intensiv blickte sie ihn an, fragte, ob er sich vorstellen könnte, die Mittagspause etwas verlängern zu können.

Hindrik konnte.

Eine gute Stunde später stand Kathrin Hansen glücklich gestimmt unter der Dusche und überlegte, wie sie eine mögliche Elternzeit regeln konnte. Ihre Leute im Stich lassen, kam jedenfalls nicht infrage. Sie waren nicht nur

Kollegen, nicht nur ein gut funktionierendes Team, nein, sie waren eine Familie. Auch wenn es keiner offen aussprach. Sie beschloss, sich die gesetzlichen Vorschriften zu besorgen, um konform zu ihnen, zu entscheiden.

Gerade hatte sie sich angezogen, als das Handy sich meldete.

Die Klinik.

56. KAPITEL

Mit gerunzelter Stirn empfing Schwester Lena sie am Empfang.

»Kathrin, was ist denn bei uns auf der Insel los, dass hier solche Schweinereien geschehen können? Das ist ja unglaublich.« Sie führte Kathrin Hansen in das Stationszimmer 11 und erklärte, dass Dr. Krüger angeordnet hatte, dass die Patientin einen Tag in der Klinik bleiben müsste. Sie stände unter Schock.

Kathrin Hansen zog einen Stuhl heran und setzte sich. Anna Nowak lag im Bett wie eine Tote. Leichenblass, eingefallenes Gesicht, mit einer Kompresse auf ihrer linken Gesichtshälfte. Mit stumpfen Augen blickte sie die Hauptkommissarin an. Zaghaft umfasste Kathrin Hansen ihre Hand und hielt sie fest.

»Wollen Sie reden?«, sagte sie leise.

Anna Nowak nickte und bat um einen Schluck Wasser.

»Gestern Abend habe ich Sie im *Kiek In* gesehen, als Sie und eine andere Frau sich zu zwei Männern setzten. Kannten Sie diese Männer?«

Ein stummes Kopfschütteln.

»Hatten sie den Auftrag, sich um die Männer zu kümmern?«

»Ja«, flüsterte Anna Nowak.

»Der Guru hat Ihnen das befohlen?«

Ein schmerzvolles Nicken.

»Ich nehme an, dass Sie mit einem der Männer in ein Appartement gegangen sind. Ist das richtig?«

Wieder ein Nicken. Anna Nowak drehte den Kopf zur Seite. Kathrin Hansen ließ ihr Zeit, ehe sie weitermachte.

»Anna, Sie sind zu uns, zur Polizei gekommen, wollten Sie Anzeige erstatten?«

Ein harter Ausdruck zeigte sich auf dem Gesicht der Frau.

»Ja. Die Schweine gehören hinter Gitter.«

»Anna, wenn Sie können, erzählen Sie von Anfang an. Wir haben Zeit. Vielleicht wollen Sie sich etwas aufrichten, dann geht es besser.«

Kathrin Hansen fuhr das Kopfteil des Bettes etwas höher, steckte das Kopfkissen hinter ihren Rücken und ließ sie einen Schluck Wasser trinken. Anna Nowak nahm ihre Hand und drückte sie.

»Danke, dass Sie mir geholfen haben. Ich werde Ihnen alles erzählen.« Unterbrochen von oft heftigem Schluchzen berichtete Anna Nowak, dass sie aus Syrien komme. Ihre Mutter war Deutsche, ihr Vater Syrer. Beide hatten den Krieg nicht überlebt. Bis vor sechs Monaten hatte sie bei einer Tante in der Nähe von Damaskus gelebt. Doch dann war auch sie gestorben. Durch eine Bekannte wurde sie auf eine Agentur aufmerksam, die Arbeitskräfte nach Deutschland vermittelte. Ohne Vermittlungsgebühr, dafür mit einem Arbeitsvertrag für einen sicheren Job in der Reinigungsbranche.

Anna Nowak bat um einen Schluck Wasser und blickte Kathrin Hansen mit großen Augen an.

»Für mich ging ein Traum in Erfüllung. Endlich konnte ich raus aus den Trümmern, raus aus dem Elend. Weit weg von den grausamen Geschehnissen, die immer noch täglich passierten. Bis nach Deutschland lief auch alles gut. Insgesamt waren wir zehn Frauen, begleitet von einer älteren Frau und einem Mann. Erfahrene Fluchthelfer. In Frankfurt wurden wir aufgeteilt, da die

Arbeitsangebote in mehreren Städten waren. Tura, meine Bekannte, und ich, kamen nach Köln in ein Hotel. Dort sollten wir die Zimmer reinigen und das Servicepersonal unterstützen. Alles war gut.

Dachten wir.

Doch nach der ersten Nacht kamen wir vom Frühstück in unser Zimmer zurück, wir beide hatten eins gemeinsam, und wurden von mehreren Männern erwartet.

Sie fielen über uns her wie die Tiere. Es waren Drogensüchtige, die in ihrem Rausch keine Hemmungen kannten.«

Anna Nowak wischte mit der Hand die Tränen ab und brauchte einen Moment, bis sie weiterreden konnte.

»Unsere Ausweise und die Handys waren weg, Fotos von unseren Familien hatte man verbrannt. Tura und ich waren ein Niemand.

Dann tauchte Hamacher auf, erklärte uns, dass er eine Menge Geld für unsere Flucht bezahlt hätte und dass wir das nun abarbeiten müssten. Von da an arbeiteten wir als Prostituierte.«

Anna Nowak bog ihren Rücken durch, und bat Kathrin Hansen, das Rückenteil des Bettes etwas gerader zu stellen.

»Plötzlich, vor zwei Wochen, kam Hamacher und sagte, er könnte uns einen angenehmeren Job anbieten. Auf einer Nordseeinsel, in einem gepflegten Haus. Wir könnten uns tagsüber frei bewegen, wenn auch in Begleitung seiner Leute. Also schlimmer, als in diesem Hotel in Köln, konnte es uns nicht gehen. Besonders, was die Kundschaft betraf. Tura und ich wollten auf die Insel, dachten, dass es dort vielleicht möglich wäre, von Hamacher wegzukommen. Wie auch immer.«

Anna Nowak fing an zu zittern, ihr war kalt. Sie zog das Bettlaken über den Oberkörper. Kathrin Hansen fragte, ob sie einen Kaffee möchte. Sie nickte und schloss die Augen.

57. KAPITEL

Kathrin Hansen ging in das Stationszimmer und fragte Schwester Lena, ob die Patientin Kaffee trinken durfte.

»Ja, darf sie, aber nur koffeinfreien, den gibt es am Automaten.« Mit hochgezogenen Brauen blickte Lena sie an.

»Und, wie ist es gelaufen?«

»Lena, ich nehme an, du weißt, dass sie aus Syrien kommt, dass sie keine Papiere, und vermutlich auch keine Krankenversicherung hat?«

»Ja, das konnte ich aus ihr herausholen. Mehr aber auch nicht.«

»Eben war sie schon ansprechbarer. Sie wurde mit falschen Versprechungen nach Deutschland gelockt und zur Prostitution gezwungen, um die Kosten für die Flucht abbezahlen zu können. Die alt bekannte Tour. Seit zwei Wochen ist sie auf Langeoog und arbeitet im *Kiek In*.

Kennst du den Laden?«

»Nee, wenn ich abends hier rauskomme, bin ich fix und fertig. Mich zieht es dann nur noch ans Meer, an den Strand. Auch am Wochenende, wenn ich mal dienstfrei habe. Ich brauche die Ruhe, um hier weitermachen zu können. Aber was hat es mit diesem *Kiek In* auf sich?«

»Bar, Drogen, Bordell, und ich vermute, Geldwäscherei ist auch noch drin.«

»Verrückt. Aber nachdem, was mit der Patientin passiert ist, muss es dort ultrahart hergehen. Mehr darf ich nicht sagen.«

Kathrin Hansen nickte und meinte, für die Anzeige, die sie aufnehmen sollte, müsste sie schon mehr erfahren. Aber das könnte ihr die Frau ja selbst sagen.

Am Getränkeautomat zog sie zwei Kaffee und ging in das Patientenzimmer. Anna Nowak kam aus dem Bad, sie hatte sich etwas frisch gemacht, und legte sich aufs Bett.

»Eigentlich könnte ich mich auch schon anziehen, aber die Entspannung tut mir noch gut«, meinte sie.

»Sie wissen, dass der Arzt sie bis morgen hier halten will?«

»Ja, dafür bin ich auch dankbar, denn ich wüsste nicht, wohin ich gehen sollte. Ins *Kiek In* kann ich nicht zurück, die schlagen mich tot.«

Schweigend tranken sie den Kaffee, bis Kathrin

Hansen mit Blick auf die Uhr bemerkte, sie wollte gleich weg, aber vorher müsste sie noch wissen, was geschehen ist, um die Anzeige aufnehmen zu können.

Anna Nowak bestätigte, dass ihr Kunde der Weißrusse Stojka war, mit dem sie in ein Appartement verschwunden ist. Bereits in der Bar hätte sie bemerkt, dass er zu viel getrunken hatte, wagte aber nicht, zu gehen. Hamacher hatte verlangt, dass sie den Männern jeden Wunsch erfüllen müssten. Anna und ihre Kollegin wussten, welche Strafe es gab, sollte sich ein Kunde beschweren.

»Anfangs lief alles normal ab, also, was man bei einem besoffenen Mann noch als normal bezeichnen kann«, berichtete Anna Nowak mit belegter Stimme. »Nur soff er während des Sex immer weiter, seine Forderungen wurden so abscheulich, dass ich mich weigerte.«

Zittrig trank Anna Nowak den Kaffee aus und wischte sich über das Gesicht.

»Er rastete völlig aus. Schlug mich in den Bauch, gegen die Brust, warf mich aufs Bett und würgte mich, bis mir schwarz vor Augen wurde. Zum Glück musste er ins Bad und ich nutzte den Moment und stürzte aus dem Zimmer.« Anna Nowak blickte auf ihre Hände, die unkontrolliert zitterten.

»Kennen Sie das Gebäude von innen?«

»Nein.«

»Es ist so, dass die Appartements für die Frauen im ersten Stock sind, dadurch bekommen sie die Kunden ins Bett, ohne dass die mitkriegen, was sonst noch im Haus läuft. Im zweiten Stock sind Gästezimmer für private Gäste des Guru, Büro und andere Räume, die ich nicht kenne.

Oben im Penthouse residiert Hamacher. Er umgibt sich mit asiatischen Schönheiten und lässt sich mit *Allwissender Lehrer* anreden. Eine Marotte, die er sich hier auf der Insel ausgedacht hat. Hamacher ist ein Monster. In Köln machte er junge Frauen drogenabhängig, entfremdete sie von ihrem Elternhaus und schickte sie als Prostituierte auf die Straße. Gab es Schwierigkeiten, wurden sie brutal geschlagen.«

»Zwingt er die Frauen zu sexuellem Verkehr mit ihm?«, wollte Kathrin Hansen wissen.

»Nein. Hamacher steht auf Männer. Das einzig Gute an ihm.«

Kathrin Hansen bemerkte, dass Anna Nowak abbaute und ihr selbst die Zeit davonlief. Sie musste zum Ende kommen.

»Vermute ich richtig, dass Sie, nachdem sie das Appartement verlassen hatten, aus Angst vor dem Russen zu Hamacher geflüchtet sind?«

»Ja. Dabei hätte ich es besser wissen müssen. Ich wusste doch, wie er mit den Frauen umging, die ihre Kunden nicht zufriedenstellten. Hamacher tobte, schlug mich und schickte mich zurück zu Stojka.

Aber ich hatte Glück.

Durch einen nicht bewachten Hinterausgang konnte ich das Haus verlassen.

Den Rest kennen Sie.«

58. KAPITEL

Als ob Elseke es geahnt hätte, dass ihre Truppe Nervennahrung brauchte, stand auf dem Tisch im Konferenzraum ein Marmorkuchen. Dazu wahlweise Tee oder Kaffee. Heidkamp hielt die Einsatzbesprechung in seinem Haus ab. Er saß am Kopfende des Tisches, neben ihm Maartens, den er dazu gebeten hatte. Da Ava Sari als Hauptbeteiligte dabei sein musste, hatte Heidkamp die Dienststelle mit einem Kollegen aus Wittmund besetzen lassen. Es gab eine Ringschaltung, an der alle Beteiligten angeschlossen waren.

Besorgt bemerkte Kathrin Hansen, dass der Kriminalrat schlecht aussah. Sie ahnte, dass der bevorstehende Alleingang von Ava Sari ihm Sorgen bereitete.

Ihr ging es nicht anders.

Da sie von der Klinik direkt zu der Besprechung gefahren war, berichtete sie von dem Gespräch mit Anna Nowak. Maartens, der schon fast alles erlebt hatte, was es an Widerwärtigem in der Welt der Kriminalität gab, war entsetzt. Er erzählte, dass er schon mehrmals an der Dünenarkade vorbeigegangen wäre und Leute gesehen hätte, die dort saßen und Kaffee oder was auch immer, tranken. Zwar war die ausgefallene asiatische Bedienung ungewohnt, aber er hätte sich nicht vorstellen können, was sich drinnen abspielte. Und er war überrascht, dass ein solches Establishment überhaupt entstehen konnte.

»Was das anbelangt, habe ich bei einem Kumpel, der beim Gewerbeamt arbeitet, nachgefragt«, warf Friedrichs ein. »Es ist so, dass ein Antrag für die Betreibung eines Bistros mit Außenbewirtung eingereicht und auch genehmigt wurde. Mehr nicht.«

Ungläubig blickte Kathrin Hansen ihn an.

»Olli, das heißt, von dem Barbetrieb weiß keiner was im Amt?«

Friedrichs zuckte mit den Schultern.

»Scheint so.«

Für Kathrin Hansen war das nicht nachvollziehbar und sie nahm sich vor, nach Abschluss der Ermittlungen der Sache auf den Grund zu gehen. Ein Anruf über das Festnetz unterbrach ihre Überlegungen.

»Moin, Schneider hier. Ich habe hier gerade eine Meldung hereinbekommen, die solltet ihr wissen«, meldete sich der Kollege, der in der Dienststelle die Vertretung machte.

»Karsten, schieß los und mach es kurz«, erwiderte Kathrin Hansen und bereute umgehend den unhöflichen Ton.

»Ein aufgebrachter Feriengast war hier. Er kam von den Giebelhäusern, wo er sich ein Bier getrunken hatte. Übrigens eine wirklich schöne Ecke da. Bevor man zum Strand geht, oder von dort kommt, kann man sich ein schönes Bierchen gönnen oder etwas essen. Für meine Frau habe ich schon gesagt, dort sollten wir öfter hingehen. Übrigens hat dort vor kurzem ein neuer Imbiss, also schon etwas Besseres aufgemacht. Muss. . .«

»Karsten, wie war das mit der Meldung?«, unterbrach Kathrin Hansen ihn, langsam sauer werdend.

»Wollte ich doch gerade sagen. Also, der Feriengast saß dort auf einer Bank und trank sein Bierchen, als ein junger Spund, der Feriengast meinte, der wäre bekifft gewesen, sich direkt neben ihn setzte. Obwohl rechts und links viel Platz war. Das ist etwas, dass ich ja auch nicht leiden kann, weil. . .«

»Karsten, komm zur Sache.«

»Wäre ich doch längst, wenn du mich nicht immer unterbrechen würdest.« Kathrin Hansen bemerkte, dass Heidkamp rot anlief und hob beruhigend die Hand.

»Also, was ist dann passiert?«

Drogen, der Typ wollte dem Feriengast Pillen andrehen. Danach wäre er so richtig gut drauf, muss er gesagt haben, und eine Frau wollte er ihm auch besorgen. Mit Zimmer. Wäre auch gar nicht so teuer. Das ist doch verrückt, oder?«

Jetzt musste Kathrin Hansen doch mal schlucken, das war schon kein Spaß mehr. Hamacher schien seine Junkies ausgeschickt zu haben.

»Karsten, du hast hoffentlich ein Protokoll aufgenommen, in dem die Beschreibung des Junkies steht. Und natürlich die Kontaktdaten des Feriengastes.«

»Ja, nein. Also wollte ich eigentlich, aber dann war der Feriengast plötzlich weg.«

Genervt verdrehte Kathrin Hansen die Augen, brachte ein »alles klar« heraus und legte auf.

59. KAPITEL

»Ich habe die Verbindung hergestellt«, äußerte sich Maike Jansen und zeigte auf das Display ihres Laptops. Kathrin Hansen sah nicht mehr als einen schwarzen Punkt hoch über dem Strand.

»Warte, ich zoome es größer.«

Deutlich war das Fluggerät erkennbar. Wie ein Lenkdrachen schwebte es am Himmel.

Heidkamp bat, das Bild doch auf die Wand zu beamen, so könnten es alle sehen.

»Wirklich gut, von unten sieht die Drohne tatsächlich wie ein Drachen aus«, äußerte sich Friedrichs. »Maike, in welcher Höhe wird sie über dem Penthouse fliegen?«

»Weiß ich nicht genau, das wird abhängig davon sein, welcher Radius aufgezeigt wird.«

»Jedenfalls muss es so sein, dass wir Ava immer im Bild haben«, meinte Heidkamp. »Maike, bei der Übertragung der Bilder zu uns darf es keine Störung geben.«

»Wird es nicht«, kam es knapp zurück.

Fast fühlbar war die Spannung, die im Raum lag. Was Ava Sari vorhatte, war riskant. Nur, weil sie eine erfahrene Kampfsportlerin war, hatte Heidkamp zugestimmt. Und er hatte ihr eingebläut, bei dem kleinsten Anzeichen einer Gefahr das Gebäude zu verlassen.

»Ich möchte mir nochmals die Grundrisse der einzelnen Etagen ansehen«, meinte Kathrin Hansen. Für sie war es wichtig, die Zugänge der Fluchtwege zu kennen. Und sie zweifelte immer noch, ob die Entscheidung, Hamacher festnehmen zu wollen, richtig war. Bei dem Vorhaben von Ava Sari ging es ursprünglich um eine Probe von Hamacher, für eine DNA Analyse.

Doch die Situation hatte sich geändert.

Anna Nowak wollte gegen Hamacher aussagen, dadurch bekamen sie Fakten, die für eine Festnahme reichten. Wenigstens vorläufig. Gleichzeitig würde mit Hochgeschwindigkeit eine DNA Analyse durchgeführt. Im Vorfeld hatte der Kriminalrat dies bereits mit dem Labor abgestimmt. Fiel das Ergebnis positiv aus, wo alle von ausgingen, würde Hamacher des mehrfachen Mordes angeklagt.

»Kathrin, hier sind die Grundrisse«, verkündete Maike Jansen und ließ einen roten

Punkt über das Bild wandern. Konzentriert prägte Kathrin Hansen sich die Pläne ein.

Sie mussten schnell sein.

Von der Bar bis oben ins Penthouse waren es drei Treppen. Zudem mussten sie damit rechnen, dass irgendwelche Typen sie aufhalten wollten. Sie blickte zu Friedrichs hin, der mit ihr die Bude stürmen würde.

»Olli, siehst du noch etwas, worüber wir reden sollten?« Friedrichs verneinte und meinte, sie müssten sich auf den Weg machen. Angedacht war, dass sie eine Viertelstunde, bevor Ava Sari in das *Kiek In* kam, in der Bar sein wollten. Checken, ob sich dort Leute von Hamacher aufhielten, die sie mit einkalkulieren mussten.

»Ava, vorher machen wir noch eine Tonprobe, ob alles klappt«, meinte Maike Jansen und prüfte die Verbindung und Übertragungsstärke.

60. KAPITEL

Diesmal machten sie es anders. Kathrin Hansen und Friedrichs traten als Paar auf. Sollte sich der Barkeeper oder sonst jemand an sie erinnern, würden sie glauben, sie hätten sich gefunden. An der Bar setzten sie sich so, dass sie die Eingangstür im Blick hatten. Den Barmann Bob fragten sie, ob ein Thomas Keller nach ihnen gefragt hätte. Ein Geschäftspartner. Bob verneinte, worauf Kathrin Hansen ihr Handy auf die Theke legte. Nervös sah sie immer wieder nach, ob eine Nachricht eingegangen war.

Kurz darauf kam eine junge Frau in die Bar. Eine Asiatin.

Eine schlanke, kleine Gestalt, die durch High Heels größer wirkte. Ihr langes schwarzes Haar fiel ihr bis zu den Hüften, die ultrakurzen schwarzen Shorts zeigten makellose Beine. Ihre smaragdgrüne Bluse war bis zum untersten Knopf geöffnet. Sie ging an die Bar, setzte sich auf einen Hocker und bestellte einen alkoholfreien Longdrink.

Belustigt bemerkte Kathrin Hansen, dass der Barkeeper in Schockstarre fiel. Ava Sari musste die Bestellung wiederholen.

Nachdem sie an dem Getränk genippt hatte, nahm sie aus ihrer Umhängetasche einen Brief und legte ihn dem Barkeeper vor. Bob überflog ihn und schob ihn mit deutlichem Widerwillen zurück. Ava Sari redete gestikulierend auf ihn ein und schließlich holte Bob aus einer Ablage ein Handy und rief jemand an.

Für Kathrin Hansen war klar, dass ab diesen Moment sich jemand die Asiatin an der Bar auf einem Monitor genau ansah.

Vielleicht auch sie und Friedrichs.

Sie rückte näher an ihn heran, kraulte ihn am Hinterkopf und flüsterte ihm etwas ins Ohr. Dabei tippte sie auf das Handy und hatte die akustische Verbindung zu Ava Sari.

»Gleich kommt jemand und bringt dich zum Guru«, hörte sie den Barkeeper sagen. Deutlich war herauszuhören, dass ihm das nicht gefiel. Doch Ava Sari bedankte sich bei ihm freundlich, bezahlte, und gab ihm ein großzügiges Trinkgeld.

»Ach, du liebe Güte, was ist das denn für ein Mensch«, dachte Kathrin Hansen, als sie die

Gestalt betrachtete, die an die Bar gekommen war und sich neben Ava Sari aufbaute. Sie bemerkte, dass Friedrichs das Wesen anstarrte, als käme es von einem anderen Stern. Augenblicklich standen Kathrin Hansen Bilder von Indien vor Augen, wo in früheren Zeiten Fürsten sich mehrere Frauen hielten. Eingesperrt in einem Harem. Bewacht von Eunuchen, entmannte Männer, haarlos, die aussahen wie riesengroße Babys. Der Mensch neben Ava Sari sah genauso aus.

»Unser *Allwissender Lehrer* will dich sehen«, hörte Kathrin Hansen ihn mit hoher Stimme zu Ava Sari sagen.

Wie abgefahren ist das denn, Hamacher scheint ja total durchgeknallt zu sein, schoss es Kathrin Hansen durch den Kopf. Sie beobachtete Ava Sari, die gelassen nickte, und dem Mann folgte.

61. KAPITEL

Auf Abstand ging Ava Sari hinter dem Mann,
der sich Ali nannte, die drei Treppen hoch. Ein
schwerer, femininer Duft schwebte zwischen
ihnen. Er tat sich schwer, seinen massigen
Körper die Stufen hochzubringen. Ava Sari war
es recht. So konnte sie in Ruhe sich auf die
Umgebung konzentrieren. Bis zur ersten Etage
zierten Bilder die rot gestrichenen Wände.
Erotische Szenen, nicht gerade Kunstwerke,
doch um Kunden anzuheizen, die mit den
Damen ins Bett wollten, reichten sie. Im
Übergang zum nächsten Stockwerk wollte sie
einen Blick in den Flur werfen, als Ali sie
zurückpfiff. Um zu vermeiden, dass es Ärger
gab, gehorchte sie. Sie hatten die Eros Zone
verlassen, die Motive der Bilder zeigten
Bauwerke Alter Asiatischer Hochkultur. Einige
kamen Ava Sari bekannt vor, ohne dass sie die
Namen gewusst hätte. Auch die Farbe der
Wände hatte sich gewandelt. Ein dunkles

Terracotta symbolisierte Alte Erde, Tiefe, Vergangenheit. Insgesamt nicht schlecht, fand Ava Sari, jedoch nicht ihr Ding. Auf dem letzten Podest, von wo aus die Treppe ins Penthouse führte, blieb Ali stehen, japste nach Luft und erklärte ihr, dass sie die Schuhe ausziehen müsste. Sie kämen in die Gemächer seines Herrn. Auch hier gehorchte sie widerstandslos, war froh, dass sie die Dinger von den Füßen bekam.

Schlagartig kam sie dann in eine andere Welt. Rundum bedeckten Szenen aus dem Buddhismus die Wände. Ein durchgehendes Motiv zog sich nahtlos bis nach ganz oben. Buddhistische goldene Tempel, Mönche in tiefer Meditation, Buddhas als vergoldete Statuen, mystische Symbole der Wiedergeburt. Je höher sie die Treppe ging, umso intensiver wurde der Geruch nach Sandelholz. Weihrauch könnte auch mit drin sein, vermutete sie. Auf den letzten Stufen standen Schalen mit Räucherkerzen, gefüllt mit Sand. Ava Sari wusste, dass dem Rauch eine reinigende Wirkung zugeschrieben wurde.

Weniger für sie, als für Ali, war es eine Erleichterung, als sie die letzten Treppenstufen hinter sich ließen. Eine streng blickende ältere Asiatin in einem langen, farbenprächtigen

Gewand empfing sie. Mit einer Geste scheuchte sie Ali weg und forderte Ava Sari auf ihr zu folgen. Sie führte sie in einen Waschraum und sagte, dass sie ihre Hände und Füße waschen müsste, bevor sie das Reich des Allwissenden Lehrers betreten dürfte. Ava Sari beugte den Kopf und gehorchte.

Anschließend musste sie sich einige Verhaltensregeln anhören, die ihr zeigen sollten, wie unscheinbar sie war. Sprechen durfte sie nur, wenn der Allwissende Lehrer sie dazu aufforderte. Niemals durfte sie ihn anfassen. So langsam kam die absurde Show Ava Sari hoch. Sie sehnte sich danach, ihnen die verlogenen Masken vom Gesicht zu reißen.

Ihre Chefin musste Gedanken lesen können. Aus dem winzigen Empfänger hinter ihrem Ohr hörte sie, das Kathrin Hansen meinte, sie sollte ruhig bleiben. Und sie sollte sich darauf einstellen, dass sie mit Hamacher nicht alleine sein würde. Aufnahmen der Drohne zeigten zwei Männer auf der Terrasse des Penthouse. Offensichtlich Bodyguards. Für Ava Sari keine wirkliche Überraschung. Dagegen machte ihr die Tür, die zum Penthouse führte, mehr Sorgen. Dass sie mit aufwändigen Motiven aus der buddhistischen Welt bemalt war, täuschte nicht darüber hinweg, dass es sich um eine massive Tür mit einem elektronischen Schloss handelte. Verdammt, fuhr es Ava Sari durch den Kopf, wenn Hamacher die verriegelt, sitze ich in der Falle.

»Wow, eine Tür, die elektronisch bedient wird, das ist ja High Tech«, äußerte sie sich begeistert und hoffte, dass Kathrin Hansen das mithörte. Ihre Führerin ging nicht darauf ein, drückte die Tür auf und führte sie durch ein eindrucksvoll eingerichtetes Foyer auf die Terrasse.

62. KAPITEL

Bekleidet mit einem orangefarbenen Gewand stand der Guru vor ihr. Richtigerweise mussten es ein Obergewand, ein Untergewand und ein Umhang sein, wusste Ava Sari. Doch wie so alles, was sie bis jetzt gesehen hatte, war auch er ein Plagiat. Nur die kalten Augen, die sie von oben bis unten musterten, waren echt. Hamacher hielt den Brief in der Hand, den sie Ali gegeben hatte. Hinter Hamacher sah sie zwei jüngere Männer, die sich in Korbsesseln lümmelten. Offensichtlich wurde sie von denen nicht ernst genommen.

Hamacher wedelte mit dem Brief.

»Yijun Wang, wer soll das sein?«, sagte er abfällig.

»Herr Wang ist Besitzer eines der größten Establishments in Hamburg«, erwiderte sie. »Fünf Jahre war er mit mir zufrieden. Von den Besuchern gab es nie Beschwerden. Ich hatte Stammkunden, fast schon Freunde.«

»Und dann hat Wang dich so einfach gehen lassen?«

»Ja. Vor Jahren habe ich bei einer Party in seiner Villa seinen kleinen Sohn vor dem Ertrinken gerettet. Er war in einen Pool gefallen, konnte nicht schwimmen, und außer mir hatte es keiner bemerkt. Von da an war Herr Wang mir was schuldig.«

»Schön, und warum bist du dann hier?«

»Um meine Lungenerkrankung auszuheilen.«

Hamacher zuckte zurück. Fassungslos starrte er sie an.

»Und du Schlampe hast es gewagt, in meine Nähe zu kommen? Du nimmst in Kauf, dass ich mich anstecke?

Verpiss dich.«

Hamacher hob die Hand, als ob er sie schlagen wollte.

»Stopp.«

Mit gestrecktem Arm hielt sie ihm ein Foto vor Augen. Eine Montage, die Tanja Feldbusch und Helene Sinter zeigte. Ihre leeren, toten Augen starrten Hamacher an. Er brauchte eine Sekunde, bis er die Situation erfasste. Auf seinem Gesicht zeigte sich ein hässliches Lächeln.

»Du Miststück willst mich erpressen?

Ein schwerer Fehler.«

Seine Hand schoss vor, um ihr das Foto aus der Hand zu reißen.

Ava Sari war schneller. Sie packte sein Handgelenk, wirbelte herum und kugelte seinen Arm aus. Hamacher brüllte auf vor Schmerzen und stürzte sich auf sie. Mit einem präzise gezielten Tritt zertrümmerte sie sein linkes Knie. Hamacher bekam einen Schock und fiel bewusstlos zu Boden. Der Bodyguard, der auf sie losstürmte, hatte einen schlechten Tag erwischt. Mit ihrem durchtrainierten rechten Fuß trat Ava Sari ihn ultrahart in seine Weichteile. Er schnappte nach Luft, kippte um, und winselte vor sich hin. Er würde Ali Gesellschaft leisten können. Sein Kumpel starrte fassungslos zu ihm hin, drehte sich um und verschwand hinter einem kunstvoll gewebten Wandteppich.

Jetzt erst registrierte Ava Sari, dass direkt über ihr die Drohne schwebte und ein rotes Blinken signalisierte, dass sie alles aufzeichnete.

»Wow, Ava, das war eine beeindruckende Nummer«, hörte sie Kathrin Hansen sagen. »Wir kommen jetzt rein. Wunder dich nicht, wenn es knallt, wir müssen die Verriegelung der Tür zerstören.« Kurz darauf erfolgten zwei Schüsse und Kathrin Hansen und Friedrichs kamen auf die Terrasse. Kathrin Hansen hob warnend die Hand und ging auf den Wandteppich zu. Mit einem Ruck zog sie ihn zur Seite und blickte auf eine Tür. Eine Metalltür, die den Personenaufzug sicherte.

»Das dürfte der Fluchtweg für den Allwissenden Lehrer sein«, kommentierte Friedrichs trocken.

»Nur dürfte er ihn in seinem Leben wohl kaum noch benutzen können«, legte Kathrin Hansen nach. »Aber die Rettungsleute haben es dadurch leichter, die beiden Scheißkerle zu verfrachten.«

63. KAPITEL

Bevor die Rettungssanitäter eintrafen, schnitt Ava Sari mit einem Messer Hamacher mehrere Haare ab und steckte sie in einen Beutel. Den verknüpfte sie an dem Seil, das von der Drohne herunterhing. Als hätte es verstanden, worum es ging, wackelte das Gerät mit den Seitenflügeln, schoss in die Höhe und gewann schnell an Geschwindigkeit.

»Na, wenn das mit der Drohne nicht in die Annalen der Kriminalgeschichte eingeht, dann weiß ich es nicht«, tönte es aus dem Handy von Kathrin Hansen. Danach erfolgte ein ohrenbetäubendes Geschlürfe, ein erlöstes »das war echt gut«, und die anschließende Einladung von Heidkamp, sich in einer Stunde im Fährmann zu treffen.

Friedrichs hatte bereits den Aufzug hochgeholt und Maike Jansen informiert, dass er irgendwo unten landen würde. Da sie nicht sicher waren, ob der zweite Bodyguard tatsächlich das Gebäude verlassen hatte, begleitete Kathrin Hansen ihn. Die Fahrt nach unten dauerte nur Sekunden und sie kamen in einen Raum, der kürzlich erst gebaut sein musste. Zumindest sahen die Betonwände danach aus. Friedrichs blickte sich um und meinte, dass der Aufzugschacht und der Raum im Nachhinein eingebaut wurden. Kathrin Hansen interessierte sich mehr für die Tür, die nach draußen führte. Auch diese war elektronisch gesichert.

»Olli, ich fürchte, wir müssen nochmal Krach machen.« Beim zweiten Schuss sprang die Tür auf und sie blickten in den Heizungskeller. Außer zwei Heizkessel, einem riesigen Warmwasserbehälter und eine Unmenge an Rohren, gab es nichts Interessantes. Offensichtlich hatte der Mann, hinter dem sie her waren, seine Chance genutzt und sich abgesetzt. Kathrin Hansen war es recht. Auf eine weitere Auseinandersetzung war sie nicht scharf. Zudem hatten sie ein Foto von ihm, er würde nicht weit kommen.

Während sie mit Friedrichs wieder ins Penthouse hochfuhr, atmete sie erleichtert auf.

»Mensch, Olli, was haben wir ein Glück, dass alles abgelaufen ist, ohne dass die Öffentlichkeit etwas mitbekommen hat. Stell dir vor, wie die Medien das hier ausgeschlachtet hätten.«

»Stimmt. In dem Sinne habe ich eben mit den Jungs vom Rettungsdienst gesprochen. Die kenne ich alle. Bald hat die Rettungswache ihr alljährliches Sommerfest. Ein Gönner, der nicht genannt werden will, stiftet ein Fass Bier und hundert Grillwürstchen. Dafür steht in ihrem Bericht, dass sie zwei Verletzte aufgrund einer Auseinandersetzung in einem Penthouse abgeholt haben. Mehr nicht.«

Überrascht blickte Kathrin Hansen ihren Stellvertreter an.

»Könnte es sein, dass ich mit diesem unbekannten Gönner gerade im Aufzug stehe?« Sie beugte sich zu ihm hin und gab ihm einen Kuss auf die Backe.

»Danke«, sagte sie mit feuchten Augen.

64. KAPITEL

Es war schon Tradition, dass Kriminalrat Heidkamp nach dem Lösen eines Falles seine Truppe in den Fährmann einlud. Ein altes, noch echt ostfriesisches Lokal, dass ebenfalls Wert auf Tradition legte. Es wurde dann immer das Hinterzimmer reserviert. Wurde in der Vergangenheit auch Maartens mit seiner Frau Friederike dazu eingeladen, konnten sie an diesem Abend nicht teilnehmen. Sie hatten Gäste. Doch Elseke und Hindrik waren anwesend.

Ganz klar war der Star des Abends Ava Sari. Etwas, das sie überhaupt nicht mochte. Doch Heidkamp bestand darauf, dass sie sich das Geschehen auf dem Penthouse nochmals alle ansehen mussten.

In Ruhe, genussvoll, bei einem Bierchen.

Und natürlich gab es vorab einen hochprozentigen Klaren von der Insel. Doch bevor Maike Jansen die Aufzeichnung der

Drohne auf die Wand projizieren würde, gab es noch Dinge zu diskutieren.

Kathrin Hansen übernahm den Anfang. Sie berichtete, dass sie und Friedrichs nach dem Abtransport von Hamacher und seinem Bodyguard die ältere Asiatin aufgestöbert hätten, die Ava Sari bereits kannte. Anfangs hatte Daja Tanaka, so nannte sie sich, einen auf taubstumm gemacht. Nach der Drohung, sie in Untersuchungshaft zu stecken, knickte sie ein. Sie, und die Mädchen aus dem Service, berichtete sie, wurden über eine Berliner Agentur an Hamacher vermittelt. Zusicherung: Kein Sex, nur Serviceleistungen. Die Mädchen, die unten auf der Terrasse die Gäste bedienten, kannten es auch nicht anders. Ihre rote aufreizende Bekleidung akzeptierten sie. Untergebracht waren sie im Haus, in Mehrbettzimmer. Sie hatten schon Schlimmeres erlebt.

Daja Tanaka erkannte bald, was Hamacher für ein Mensch war. Ein Irrer, ein Monster, sagte sie. Doch die Bezahlung war gut. Einen Teil des Geldes schickte sie zu ihrer Familie in die Heimat. Ihre Enkel konnten dadurch die Schule besuchen. Dafür hielt sie den Mund.

»Hatte sie eine Ahnung von den Drogen, und davon, was in der Bar und in den Appartements vor sich ging?«, warf Heidkamp ein.

»Das in den Appartements laufend Frauen mit Männern ins Bett gingen, wusste sie. Sie hatte nämlich auch die Wäscherei unter sich.«

»Kathrin, bitte keine Details«, ließ sich Elseke vernehmen.

»Hätte ich sowieso nicht. Doch von den Drogen wusste die Frau angeblich nichts.« Kathrin Hansen zuckte mit den Schultern. »Wir können es ihr nicht beweisen.«

»Gut.«

Heidkamp blickte nachdenklich rein.

»Wir sind uns einig, dass sich das, was sich dort abgespielt hat, nicht an die Öffentlichkeit gelangen sollte. Was müssen wir tun?«

Durch Kathrin Hansen ging ein Ruck. Sie bog ihren schmerzenden Rücken durch.

»Wir haben angeordnet, dass ab morgen das *Kiek In* und die Dünenarkade auf Grund von Personalproblemen bis auf Weiteres geschlossen bleibt. Denjenigen, die dort wohnen, haben wir freigestellt, bleiben zu können. Doch ohne Geld von Hamacher werden sie bald abreisen müssen. Die Prostituierten haben keinen Zugang mehr zu den Appartements, sie werden ebenfalls die

Insel verlassen. Das trifft auch auf die Junkies zu. Ohne Geld kein Stoff. Ohne Stoff kein Leben.

Übrigens hat Ava in dem Schlafzimmer von Hamacher den Koffer mit den Drogen sicherstellen können. Und noch andere interessante Dinge.« Sie warf einen Blick zu Elseke hin und meinte, darauf würde sie ein anderes Mal näher eingehen. Aus den Augenwinkeln bemerkte sie, dass ihr Chef sich einen griemelte.

»Zusammenfassend«, fuhr Kathrin Hansen fort, »bin ich dafür, die Dünenarkade austrocknen zu lassen. Da kein Geld mehr hereinkommt, wird sich das sehr schnell ergeben. Am Ende werden sich Eigentümer, Geldgeber, oder wer auch sonst noch, darum kümmern. Wir können nur hoffen, dass keine langfristige Ruine entsteht.«

Zustimmend nickte Heidkamp.

»Das ist auch meine Vorstellung. So vermeiden wir ein öffentliches Interesse. Fassen wir zusammen, was ansteht, um die Ermittlungen abschließen zu können.« Sein Blick blieb an Maike Jansen hängen.

Sie tippte auf ihr Laptop.

»Eben kam die Bestätigung vom DNA-Labor, dass die Analyse bereits in Bearbeitung ist.

Spätestens bis morgen Mittag haben wir das Ergebnis. Wobei«, sie blickte zu Ava Sari hin, »die Reaktion von Hamacher auf das Foto, das du ihm vor die Nase gehalten hast, eindeutig war.«

»Stimmt. Hamacher hat die Frauen erkannt. Er dachte, ich wollte ihn erpressen. Damit hat er sich selbst belastet.«

»Wieso hatte der Mann einen solchen Hass auf diese Frauen, dass er sie auf so grausame Weise getötet hat?«, meinte Elseke und blickte Kathrin Hansen an.

»Sie waren schwanger, und damit für ihn als Prostituierte wertlos.« Kathrin Hansen zog ihre Stirn in Falten. »Aber ich glaube, es saß bei ihm tiefer. Er betrachtete sie als sein Eigentum, fühlte sich von ihnen verraten. Anfangs hatten wir ja vermutet, er wäre der Vater der Kinder, doch Hamacher ist schwul. Als er dann Tanja Feldbusch und Helene Sinter auf der Insel entdeckte, drehte er durch.«

»Mein Gott noch, da liebe ich es doch, wenn ich meinen Studenten etwas über gesunde Ernährung einbläuen kann, als mich mit etwas so Grauenvolles befassen zu müssen«, stöhnte Elseke. Sie blickte zu ihrem Mann hin. »Berend, ich glaube, jetzt brauchen wir alle einen Schnaps.«

65. KAPITEL

Da es dann doch sehr spät geworden war, bis Kathrin Hansen und Hindrik sich im Fährmann von allen verabschieden konnten, ließen sie sich an diesem Morgen Zeit. Hindrik hatte die Kaffeemaschine angeschmissen und ihr einen Pott Kaffee ans Bett gebracht. Er selbst war ein zu unruhiger Geist, um noch länger liegen bleiben zu können. Am Küchentisch checkte er in seinem iPad die Mails, die am Abend eingegangen waren.

Nach dem ersten Schluck Kaffee wanderten die Gedanken von Kathrin Hansen zurück zu dem Abend. Nach der Besprechung hatten sie sich noch die Aufzeichnungen der Drohne angesehen. Anfangs die Totalaufnahmen von der Dünenarkade und der Peripherie. Doch so richtig spannend wurde es, als Ava Sari in Aktion trat. Elseke Heidkamp fiel aus allen Wolken, als sie sah, wie die zierliche Taiwanerin sich in eine Kampfmaschine verwandelte. Klar, Ava hätte es auch sanfter erledigen können, erklärte sie, doch sie hatte die beiden jungen Frauen mit ihren ungeborenen Kindern vor Augen und deshalb so hart reagiert. Aber sie hätte beide Männer auch töten können. Sie bereute nichts.

Dann war da noch eine etwas lustige Szene zu sehen gewesen, die keiner von ihnen mitbekommen hatte. In dem Moment, wo Ava Sari Hamacher den Arm auskugelte, war im Hintergrund Ali zu sehen gewesen. Mit weit aufgerissenen Augen verfolgte er was da ablief, hüpfte auf seinen stämmigen Beinen und klatschte in die Hände. Es war eindeutig, dass er sich über den Abgang des Allwissenden Lehrers freute. Bei dieser Szene ging Kathrin Hansen durch den Kopf, was ein solcher Mensch hatte erleiden müssen. Und bei einem Schwein wie Hamacher war er vom Regen in die Traufe gekommen. Ein Ungeheuer in einem anderen Teil der Welt musste Ali an Hamacher wie ein exotisches Tier verkauft haben.

Für den Vormittag nahm Kathrin Hansen sich vor, in das *Kiek In* zu fahren, um sicher sein zu können, dass dort alles ordentlich ablief. Und einen Abstecher in die Klinik würde sie auch machen. Sie wollte wissen, was aus Anna Nowak geworden ist. Erleichtert atmete sie auf. Aus ihrer Sicht dürfte es keine unangenehmen

Überraschungen mehr geben. Was noch ausstand, war der Bescheid über den DNA-Abgleich von Hamacher, und sie wollte noch nachhören, ob die Festnahmen von Dumitru und Stojka glatt abgelaufen waren. Am Schluss war da noch Simone Kelter, die sie anrufen musste, um den Hausarrest zu beenden. Sie freute sich für die junge Frau, die nun ihr Haus in der Gartenstraße beziehen konnte und blickte auf die Uhr. Schlagartig war es mit der Ruhe vorbei. Gleich kam der Künstler und brachte die restlichen zwei Bilder für das Ferienapartment. Sie sprang aus dem Bett, rief Hindrik grinsend zu, dass sie sich auf ein ordentliches Frühstück freute und sprang unter die Dusche.

66. KAPITEL

Es war ein herrlicher Samstagmorgen. Blank geputzt schienen sich Himmel und Meer Konkurrenz machen zu wollen. Am Strand tummelten sich Familien, die erste Matsche wurde begeistert in Angriff genommen. Kathrin Hansen und Hindrik saßen auf der Terrasse und gingen die Zusagen der Gäste durch, die bald auftauchen würden. Außer einem befreundeten Ehepaar, das aus Krankheitsgründen absagen musste, kamen alle. Aus Köln hatte Kathrin Hansen Heike Förster eingeladen. Diese hatte sich liebevoll um Eva Mühlberg gekümmert, als es der so richtig dreckig ging. Evas Lebensgefährte war damals in einen Mordfall verwickelt gewesen, in dem sie mit einbezogen wurde. Eigentlich sollte es für sie eine Überraschung sein, dass ihre Freundin aus Köln kam, doch es war irgendwie schon durchgesickert. Zwei Gäste standen noch zusätzlich auf der Liste. Vor einem Tag hatte

Simone Kelter gefragt, ob ihre Eltern auch mitkommen dürften. Sie wären auf Langeoog, um sich das Haus ansehen zu wollen, dass ihre Tochter gekauft hatte. Bei dieser Gelegenheit würden sie gerne die Frau kennenlernen, die ihre Tochter, als sie Hilfe brauchte, mit auf die Insel genommen hatte. Und dann hatte Kathrin Hansen noch einen Gast eingeladen. Sie blickte ihren Lebensgefährten an.

»Hindrik, ich habe dir doch von dem *Haus der Hilfe für Mutter und Kind* erzählt. Kennst du Dr. Carola Stein, die das Haus leitet?«

Hindrik schüttelte den Kopf.

»Nein, aber du hast sie erwähnt. Kommt die auch?«

»Ja. Dr. Stein war außergewöhnlich kooperativ, als es um die Ermittlungen in den Mordfällen der beiden Frauen ging. Und ich hatte den Eindruck, dass ihr das Schicksal der beiden persönlich sehr zugesetzt hat. Ich hatte das Gefühl, etwas gutmachen zu müssen. Du wirst sie mögen, sie ist eine ganz liebe Person.«

Kathrin Hansen addierte die Anzahl der Gäste und kam auf einige mehr, als sie anfangs geplant hatten. Nun, es war ausreichend Prosecco für die Begrüßung kaltgestellt und die Cateringfirma hatte Zusätzliches eingeplant.

Kathrin Hansen musste schmunzeln und blickte ihren Lebensgefährten an.

»Hindrik, da bin ich ja mal gespannt, wie das Buffet ankommt. Anstatt Canapés, Entenbrust, Hummer und was weiß ich noch alles, gibt es Fingerfood mit Langeooger Krabben, Käse von der Insel, Matjesbrötchen und Seelachs mit Kartoffelsalat. Für einige der Gäste bestimmt ein Novum.«

Lachend zeigte Hindrik in Richtung Höhenpromenade.

»Also, die dort kommen, werden davon begeistert sein.«

Sie blickte in die Richtung und winkte der Gruppe zu. Die Ehepaare Heidkamp und Maartens, Ava Sari, Maike Jansen und Friedrichs, hatten sie gebeten, etwas früher zu kommen. Hinter sich zogen Friedrichs und Maike Jansen einen Bollerwagen, der mit was auch immer, randvoll beladen war. Kathrin Hansen würde wetten, dass sich mindestens eine selbst gemachte Torte von Elseke unter der Plane befand.

Nach der Begrüßung zog der Kriminalrat Kathrin Hansen zur Seite.

»Ganz kurz noch etwas Dienstliches, sagte er und zog aus seiner Jacke ein Schreiben.

»Hier habe ich den Bericht des DNA-Labors, der kam vor einer Stunde bei mir an. Danach ist Hamacher zweifelsfrei der Mörder von Tanja Feldbusch und Helene Sinter.«

Auf seiner Stirn legten sich Falten.

»Dazu kommen zwei bisher unaufgeklärte Morde an Frauen, die in Köln passiert sind. Durch die Datenbank konnten sie verifiziert werden. Dass sind die, die bis jetzt bekannt sind. Hamacher ist ein Serienmörder.«

»Puh«, stöhnte Kathrin Hansen, »da können wir froh sein, dass Ava Sari ihn in aller Stille aus dem Verkehr gezogen hat. Hätte Hamacher die Gelegenheit gehabt sich der Festnahme zu widersetzen, wer weiß, wie das ausgegangen wäre. Wissen die anderen das schon?«

»Ja, auf dem Weg hierhin habe ich es ihnen gesagt. Am Schluss noch die letzte Info: Dumitru und der Weißrusse konnten in Bensersiel nach Verlassen des Hafens festgenommen werden. Ohne Aufsehen, keiner hat etwas mitbekommen. Sie sind auf dem Weg nach Bremen in die Justizvollzugsanstalt. Die dortige Staatsanwaltschaft wird sich mit ihnen beschäftigen. Ziel ist es, über die beiden an die Leute heranzukommen, die an der Spitze dieser Drogen-Organisation stehen. Hierzu wird Europol eingeschaltet. Mich würde es nicht wundern, wenn dabei noch mehr als nur der Handel mit Drogen herauskäme. Ich denke an Geldwäsche im großen Stil.

Ach ja, am Morgen hat dann auch der Polizeipräsident angerufen und uns zu dem Erfolg gratuliert. Er meinte, irgendwie könnte er es nicht verstehen, dass ausgerechnet auf unserer Insel solche Gewaltverbrechen geschehen. Und schon gar nicht könnte er nachvollziehen, wie wir es jedes Mal schaffen, die Verbrechen aufzuklären, ohne dass die Öffentlichkeit etwas davon mitbekommt. Bei ihm im Präsidium könnte keiner einen Furz lassen, ohne dass es tags darauf als Schlagzeile in einem der Boulevardblätter stehen würde. Jedenfalls soll ich ausrichten, dass er stolz auf seine Insel-Truppe wäre.«

Ein Lächeln überzog das Gesicht des Kriminalrats.

»Ehrlich gesagt, wundere ich mich manchmal auch, wie wir die Vorfälle immer unter der großen Insel-Decke halten können. Ein Zeichen, dass wir alle, und damit meine ich auch die Insulaner und Feriengäste, nicht wollen, dass das friedliche Idyll unserer Insel zerstört wird.«

Heidkamp atmete tief durch.

»Doch jetzt ist Schluss mit dem dienstlichen Kram, jetzt wird gefeiert.«

In der Küche hatte Hindrik Sekt eingeschenkt und Kathrin Hansen bat alle auf die Terrasse. Nachdem jeder sein Glas in der Hand hielt, stellte Kathrin Hansen sich neben Hindrik. Mit glücklichen Augen blickte sie in die Runde.

»Also, wir haben euch gebeten etwas früher zu kommen, weil ihr die Praxis und das Ferienapartment als erste sehen sollt.

Und wir haben euch etwas zu sagen.«

Sie rückte dicht an Hindrik heran, gab ihm einen Kuss und hob ihr Glas.

»Hindrik und ich werden heiraten.

Darauf möchten wir mit euch, die ihr zu unserem Leben dazugehört, anstoßen.

Prost!«

Kim Lorenz

Schreibt Langeoog Krimis
um die Hauptkommissarin
Kathrin Hansen.

Gestaltet Malbücher
mit Motiven der Insel
zum Ausmalen.

Erschienene Titel:

Langeoog Blut
Langeoog Tod
Langeoog Haie
Langeoog Flut
Langeoog Sturm
Langeoog Droge

Anmerkung: Im Selbstverlag werden die Bücher in der Regel nach Bestellung im Book on Demand Verfahren gedruckt und geliefert. Einige Tage Lieferzeit sind daher einzukalkulieren.

Von Vorteil ist eine Bestellung direkt beim Verlag BoD (www.bod.de). Selbstverständlich erhalten Sie auch bei Amazon sowie bei allen gängigen Plattformen die Bücher und natürlich in Ihrer Lieblingsbuchhandlung.